純白と黄金
White and Gold
2
夏目純白
【イラスト】ももこ
【キャラクター原案】らたん

我田リュウジ
《天下逆上》の一人《爆発音源》の異名を持つ青火総合芸術高校の筆頭ヤンキー候補。
威風カズマ
《天下逆上》の一人《雷鳴指揮官》の異名を持つ緑織農業高校の筆頭ヤンキー。

傲岸モンジュ
《叛逆思考》の異名を持つ紫想学園のヤンキー。ジュニアヤンキー時代に無類の強さを誇った《天下逆上》のリーダー。
覇乱ガウス
《天下逆上》の一人《絶望遊戯》の異名を持つ赤里襖高校のヤンキー。

花井ハルカ
才連コウ
誰もがよく知るあの大人気愛怒流声優である。
緑織農業高校に所属するヤンキー。

辰和田晋
猫丘区を支配するヤクザ・丑三鬼門會の幹部。
赤城トキコ
ザクラの姉であり、アオイの師匠。《愛しき業火》の異名を持つ。前年度シマトリーの喧嘩の最中に死亡。
御影シゲル
紫想学園のインテリヤンキー。

安室レンジ
東北出身の陰キャオタク。もう一つの顔は東北で失踪したという伝説のヤンキー《純白の悪魔》。
鬼津アオイ
猫丘区に住む黒淵高校の金髪ヤンキー。
赤城ザクラ
《天下逆上》の一人《先天性不良》の異名を持つ黒淵高校の筆頭ヤンキー。

フウ、キン、
オンギョウ
ザクラとハジメの幼馴染であり、圧黄四天王。
土塔ハジメ
《天下逆上》の一人《凶拳彗星》の異名を持つ圧黄高校の筆頭ヤンキー。
バンダナ、
ネギ頭、地味男
黒淵高校所属のヤンキー。
桜川スイ
唯一実力のみで四天王の座を手にした圧黄の女ヤンキー。

警告――
天下に逆上する天下逆上

これは、これから《喧嘩都市》に足を踏み入れる名も無きヤンキーたちへの警告だ。
《喧嘩都市》には猛者とも呼ぶべきヤンキーたちがいる。
中でも実力を証明したヤンキーは二つ名を冠されて恐れられていた。
二つ名とは、ヤンキーとしての腕っ節の強さを証明しているだけでなく、他のヤンキーたちへの警告の意味をも持ち合わせているのである。

彼らはたった六人のジュニアヤンキーでありながら、一人一人が二つ名を持っていた。
名を《天下逆上》という。
《喧嘩都市》でヤンキーとして生きていきたいのならば、彼らの名前を知っておいても損はないだろう。

《先天性不良》赤城ザクラ
ヤンキーになるために生まれてきたような絶対的な素質を持つ。ヤンキーたちは己が強くなったときに思い出すことだろう。《先天性不良》はその努力を才能だけで超えていく。彼がぶっ放した拳一つで心が折れて《喧嘩都市》を去った者も多いという。

《凶拳彗星》土塔ハジメ
彼には拳しかないが、その拳一つで老若男女問わずヤンキーをぶちのめしてきた。タイマンでは無類の強さを誇り、凶拳と呼ばれた右の拳だけで先輩のチームを全抜きしている。しかし彼は周到な男だ。拳が届かないと悟れば、どんな手を使ってでも相手をぶちのめそうとする凶悪さも持ち合わせている。

《雷鳴指揮官》威風カズマ
彼のカリスマに魅せられて舎弟になる者は多い。来る者を拒まない姿勢はヤンキーの中にあって異様だが、強者を求めて彷徨う姿はヤンキーに相応しい。彼を信奉する舎弟たちは、愚民と呼ばれる。《喧嘩都市》で己の限界を知ったのならば、愚民として生きていくのも悪くはないかもしれない。

《爆発音源》我田リュウジ
六人の中から一人を選んでカチ込むとしたらこいつだろう……そう考えて彼にタイマンを申し込んだヤンキーたちは、ことごとく返り討ちに遭った。彼と喧嘩をするなら真っ先に耳を塞げ。そして、両手を使わずに《天下逆上》の一人を倒す自信があるなら挑むがいい。

《叛逆思考》傲岸モンジュ
ヤンキーとは何かを考えたことがあるだろうか。彼は弱者をヤンキーとは認めない。本物のヤンキーを求めて鬼神のごとく《喧嘩都市》を荒らし回った挙句、彼は己がいるべきチームを見つけた。それだけで《天下逆上》がいかに危険なチームか想像できることだろう。

《絶望遊戯》覇乱ガウス
彼について語ることは何もない。挑めば誰もが一瞬でぶちのめされる。そのせいでまともに喧嘩ができたヤンキーは一人もいないからだ。この《喧嘩都市》で上を目指すのであれば、彼とは関わらなくてもいい。幸いにして彼はヤンキーの頂点というものに興味はなさそうだ。

彼らに目を付けられたら迷っている暇はない。幸運を祈りながら逃げろ、もしくは、舎弟になれ。
――彼らはジュニアヤンキー時代を終えた。現在、《天下逆上》は解散している。

純白と黄金 2

夏目純白

MF文庫J

CONTENTS

口絵・本文イラスト●ももこ

●プロローグ一　色々な色恋

世のヤンキーが色恋に現《うつつ》を抜かし、タイマンで街を練り歩くとき、その行いはデートと呼ばれる。

喧嘩《けんか》都市と呼ばれて久しい猫丘《ねこおか》区。

そこに住む者どもは、少なからずヤンキーの《邪気威《ヤンキー》》をその身に宿す喧嘩自慢であり、彼らが色恋に身を焦がせばタイマンはデートになる。その日は、改造五〇ccスクーターが鳥の囀《さえず》りの如《ごと》く何重にも重奏を奏でる優雅な休日の朝だった。

男女が二人、デートをキメる。

待ち合わせ場所は廃倉庫を思わせる一般住宅の前である。互いの住所の中間地点にある目立つ建物だからというだけで選ばれた不憫《ふびん》な待ち合わせ場所だ。

朝の九時という健康的な時間に二人はカチ合った。

女ヤンキーはデートのテンションで内に秘めた《邪気威《ヤンキー》》を抑えておくことができず、喧嘩の準備ができていると言われても誰も疑問には思わない風体だった。

たむろするヤンキーたちが飛ばす無遠慮なガンをものともせず、心なしか惚《ほう》けた顔で区外を目指す。

やがて二人はまんまと猫丘区を脱出し、普通に発展した東京の都市へと迷い込むのだった。そんな彼らを区の境界に設置された立て看板が見送った。

『これより先、猫丘区《ねこおか》。ヤンキーとびだし注意』

二人が喧嘩《けんか》都市という危険地帯を出て向かった場所は――――。

「今週も来たぞ、秋葉原《あきはばら》！」

「レンジとアキバデートだーっ！」

男の名前は安室《あむろ》レンジ。

黒髪のスクリーンで顔の半分以上を隠し、弟から借りた私服を着て休日を乗り切ろうとしている。一見して陰キャのオタクだが、それは世を忍ぶ仮の姿を演じる表向きの真の姿だった。

ビル風が突風となって吹き抜けた。

「うわっ」

その拍子に黒髪のスクリーンはぶわりと吹き上がった。現れたのは彼が持つ裏の顔。ヤンキーの世界では知らぬ者のいない鬼の形相だ。黒髪の根元は無精により地毛の赤が混じる。悪魔のような赤い髪に鬼の形相といえば、誰もがあの伝説を思い出すことだろう。

東北というこの世の地獄に生まれた一人のヤンキーの伝説。

《純白の悪魔》という存在を。

一〇〇人の精鋭ヤンキーたちを返り血一つなくぶちのめしたという話は、東北から生まれて全国のヤンキーに広まっている。

その事件は、件《くだん》の《純白の悪魔》にとっては掃いて捨てても埃《ほこり》のようにいつの間にか発生してしまう程度の大したことのない日常の一コマに過ぎなかったのだが、全国のヤンキーたちは、その話こそがヤンキーの到達すべき最高地点であると信じている。滑稽なことだ。他でもない、その伝説がアキバくんだりにいるというのに。

安室レンジ。彼こそが《純白の悪魔》その人である。

「早速なんだけど、整理券貰《もら》いに行ってもいいかな？　サイン会の」

　そして、オタクである。

「もちろん。今日は私が勝手についてきてるんだしさ」

鬼津《おにつ》アオイはるんるんと答えた。金髪猫目で三度の飯と同じくらい喧嘩や鍛錬が好き。彼女は見た目も心も模範的なヤンキーである。

「ごめん、ありがとう。サイン会は来週なんだけど……整理券は早い者勝ちだからさ」

「有名な声優が来るんだっけ？」

「そう、花井《はない》ハルカだよ。オタクなら誰でも知ってる超人気声優」

「へぇー、初耳。サイン会も盛り上がるんだろうな」

「あ、アオイさんも行く？　来週だけど」

「人気なんだろ？」

「そうだね。整理券の配布も今日中に終わるんじゃないかな」

「だったら、やめとくよ。ファンでもないのに一枠埋めるのはさすがに悪いって」

「おぉ、さすがアオイさん……」

オタクの彼女の鑑《かがみ》である。

二人はオタクにまみれた店にカチ込んだ。

店内はサイン会の整理券を求める歴戦の猛者たちによって埋め尽くされている。

彼らの手には花井《はない》ハルカの新曲のCDが握られていた。CDを購入した選ばれし者のみが整理券を手にする権利を得られるのだ。

レンジもヤンキーの俊敏さを発揮し、人だかりを縫ってCDの山から一枚抜き取る。

「ナイス、レンジ。結構混んでるんだな」

「意外と混んでるからびっくりしてるよ。ハルカちゃん、また人気出てきたんだな……」

「ここにいると邪魔になりそうだ。私は外に出てるから」

「分かった。会計済ませたらすぐに行く」

「りょーかい。それじゃ、また後で」

レンジはアオイと別れて列に並んだ。オタ混みの中で二人の会話は喧噪《けんそう》に紛れていたが、レンジのヤンキーばんだ動きを見逃さなかった者がいる。

彼はレンジよりも先に会計を済ませ、整理券を手にしていた。

「レンジ、か……」

面白そうなやつがいるじゃねぇか。

ぼやいた彼は、ニヒニヒルな笑みを浮かべて店を後にした。

選ばれしオタクである二人がカチ合うのは、一週間後のことである。

●プロローグ二　友共々共有する友情

ヤンキーの間で古豪と呼ばれる黒淵《くろぶち》高校。

その筆頭ヤンキー、赤城《あかぎ》ザクラはジュニアヤンキー時代から《先天性不良》という異名を持っていた。自分に相応《ふさわ》しい異名かどうかはいまだに分からない。生まれついてのヤンキーだとしたら、それは自分以外の《天下逆上《てんかぎゃくじょう》》のメンバー全員がそうだろうとも思う。

《天下逆上》は中学時代にいつもつるんでいた六人で結成された。

彼ら全員、初めて会った瞬間から普通のヤンキーではないことは見て取れた。

中でも威風《いふう》カズマは異様だったと言っていいだろう。

中学一年の頃だ。

一年にして舎弟を一〇〇人引き連れているという異常なヤンキーがいるということは、校内でも噂《うわさ》になっていた。それも引き連れる舎弟は年下ではなくほとんどが年上だというのだから都市伝説ではないかとザクラは思ったほどだ。

「威風カズマ。つえーやつを舎弟にしようと狙ってるらしいぜ」

そう最初に教えてくれたのはハジメだった。

「だったら、いつかカチ合う時が来るかもしれないな」

「先に俺のところに来るだろ」

「言ってろ」

出会いはすぐに訪れた。

放課後。ザクラは帰路につくところだった。通学には改造五〇ccスクーターを使っている。いつもの如《ごと》く愛車を回収に行くと、駐輪場の前でヤンキーが大挙していた。

「なんだ？」

覗《のぞ》き込《こ》むと、単車にまたがった女ヤンキーが囲まれている。ヤンキーの輪から外れて一歩前に出ているのは、とてもヤンキーとは思えないほど清潔な格好をした少年だった。

「あん？　何の用だ？」

女ヤンキーが凄《すご》むと、少年は爽やかに笑った。

「中学生のうちから単車に乗るなんてすごいね。なかなか強そうだ」

「アタシの姉貴がスケバンなんだよ。こいつはお古だ」

「へぇ。それでも並の《邪気威《ヤンキー》》じゃ乗りこなせないはずだ。僕とタイマン張ろう」

「寝ぼけてんのか？」

「僕はいつだって本気だ」

「あんだよ。あんたが勝ったら単車をくれってか？」

「いいや、単車なんかに興味はない。僕は単車を乗りこなすお前に興味がある」

「は、はあ!?」

女ヤンキーは顔を赤らめた。

その様子を見て、ザクラは嘆息した。

新手の告白か。つまんねぇもんを見ちまった。こいつらには関わるのもめんどくせぇな。

今日は徒歩で帰るか。

駐輪場に背を向け、歩き出したときだった。

ザクラの背後で雷が落ちた。

「なっ⁉」

慌てて振り返る。

快晴の空には雲一つなく、雨が降る気配も雷が降る気配もなかった。それでもたしかに雷鳴は轟《とどろ》き、背後に落ちたはずだった。稲光を見たと思ったが……錯覚か？

遅れて爆発するとんでもない《邪気威《ヤンキー》》の気配。

「ぐっ……あぁっ……」

うめき声が聞こえた。単車に乗っていた女ヤンキーのものだ。その喉元を少年が嬉々《きき》とした笑みを浮かべて締めている。

「跪《ひざまず》け。崇《あが》めろ。お前は愚民だ」

周囲を満たした異様な《邪気威《ヤンキー》》の出所はこの少年だ。

こいつが……威風《いふう》カズマなのか？

「くっ……」

まずい。ザクラは弾《はじ》かれたように飛び出した。

囲っている汎用ヤンキーたちの群れをまとめて撥《は》ねのけて中央に到達。首に手をかけている少年の腕を掴《つか》んだ。通う血が滞るほどに手を握りしめる。

「放してやれ」

「へぇ」

少年はパッと手を放した。ザクラも手を放して女ヤンキーと少年の間に体をねじ込む。

「お前か。威風《いふう》カズマってやつは」

「知ってるのか」

「こんなヤンキーらしくもねぇクズだとは思わなかったがな」

ふぅん、とカズマはザクラの頭からつま先までを睨《ね》め回《まわ》す。

「僕のカリスマ・オーラ・シフトを浴びても平気でいられるなんてね。喧嘩《けんか》しようか」

「あ?」

「僕の《邪気威《ヤンキー》》は生まれつきちょっと特殊なんだ。本来の総量の何倍も何十倍もでかく見えてしまうらしい」

「そんなヤンキー聞いたことねぇぞ」

「数は少ないけど世の中にいないこともない。こういう才能を持った人間は、古来、カリスマ性があるなんて言われて持てはやされる。そして、カリスマに魅せられた愚民はみんな僕の舎弟だ」

カズマはくっくと笑う。

「なるほどな……からくりは分かった。いいだろう、喧嘩してやる」

「やる気になったみたいだね。ちょうど強い舎弟が欲しいと思っていたところ──」

ザクラは怒りと共に《邪気威》《ヤンキー》を噴き上げた。その《邪気威》《ヤンキー》が右手に収束していく。

「喧嘩、開始だ」

「血気盛んな愚民だな」

カズマは手近な汎用ヤンキーを踏み台にしてヤンキーの群れを飛び出した。

「邪魔だッ！」

怒号と共にヤンキーの群れを撥《は》ね飛《と》ばしてザクラがカズマを追う。

拳を構えたままザクラは突貫した。

小手調べなどという最初の一発を無駄にするような舐《な》め腐りが通用する相手ではない。

一発目から全力の一撃を叩《たた》き込《こ》む！

「喰《く》らいやがれ！」

「僕のカリスマは、己の《邪気威》《ヤンキー》すらも支配する。畏怖しろ」

渾身《こんしん》の拳がカズマの顔面に届こうかという瞬間、カズマから噴き上がった《邪気威》《ヤンキー》がザクラの全身を搦《から》め捕《と》った。

「なっ」

意志に反した全身の硬直。その隙を突いてカズマはザクラの背後に回り込んでいる。

「残念。お前もその程度の愚民だったか」

愚民、愚民って……うるせぇな。

本当に強いヤンキーを知らないなら教えてやる。

「畏怖しろ？　お前みたいなハッタリ野郎、誰が認めるかよ！」

絡みついたカリスマ混じりの《邪気威《ヤンキー》》が弾《はじ》かれるように霧散した。

構えていた拳をそのまま振り抜き、回転しながら後ろに向き直る。そこにいるのは、油断している腐れヤンキーだ。今さら目を見開いて驚愕《きょうがく》を瞳に宿している。

カズマは呆気《あっけ》に取られた。

こいつ、カリスマ・オーラ・シフトの硬直を一瞬で解いたのか？

防御姿勢の間に合わない土手っ腹にザクラの渾身《こんしん》の拳が叩《たた》き込《こ》まれた。

「うがっ――――」

くの字に折れた体は為《な》す術《すべ》なくぶっ飛んだ。

「カズマ様ァ！」

周囲を囲んでいた汎用ヤンキーの壁に突っ込んでもろとも倒れていく。それでも勢いは止まらず、後ろに駐《と》まっていた改造五〇ccスクーターの群れにぶつかった。改造五〇ccスクーターがドミノと化した。

「あぁっ！　俺の愛車が！　くそがっ！」

ザクラは悪態を吐《つ》きながらカズマを跳び越え、改造五〇ccスクーターに駆け寄った。

「見た目は大丈夫そうだな……エンジンもかかる。これ以上はめんどくせぇな。帰るか」

愛車にまたがり、威圧するだけで汎用ヤンキーたちは道を空けた。

原付で走り出すと、後から女ヤンキーの単車が追いついてくる。

「おい、後輩。ありがとな」

「見ててむかついただけだ」

ザクラは言い捨てて原付にあるまじきスピードを出して単車を置き去りにした。

翌日。

「ということがあってだな」

ザクラは教室でハジメに報告した。

「その意味の分からねぇ話を信じたとしよう。百歩譲ってその女ヤンキーの先輩がお前をつけ回すなら分かるが、なんで教室の前にいるのが男の方なんだ」

ハジメはチラリと教室の外に視線をやった。カズマがキラキラとした目で教室を覗《のぞ》き込《こ》んでいる。

「やめろ、見るな」

「いや、あれは無視できねぇだろ……報復に来たって感じでもねぇし……」

「俺の手には負えないものだ……」

「知るかよ。お前が蒔《ま》いた種だ。収穫しろ」

「んなこと言われても……」

ザクラが恐る恐る振り向くと、うっかり視線がカズマとカチ合った。

「ザクラ！」

「うおっ！」

カズマがここぞとばかりに教室に飛び込んできた。

「お前の《邪気威《ヤンキー》》は最高だ！　愚民共の《邪気威《ヤンキー》》は弱々しくて飽き飽きしてたところだったんだ。昨日はあの後、舎弟を捨てて追いかけたんだけど、追いつけなかった！」

「こっちは原付で走ってんだから当たり前だろ……」

「おい」

ハジメが細めた目を教室の外に向けていた。

「舎弟なら腐るほど廊下に控えているみてぇだが……」

「まったく、愚民の考えることは分からない。捨てたのに勝手についてくるんだから。僕のカリスマのせいと言うほかないだろう。これぱっかりは仕方ない。そんなことよりだ！」

カズマは両手をザクラの肩に叩《たた》き落とした。

「ザクラ、お前の《邪気威《ヤンキー》》はどうしてそんなに強いんだ？　カリスマが効かない理由はなんだ？　もしかして、お前にもカリスマがあるのか？　教えてくれ。今まで指導する相手は腐るほどいたけど指導してくれるようなヤンキーはどこにもいなかった。お前なら僕をもっと強くしてくれるはずだ！　なあ、教えてくれ！　僕は何をすればいい？」

……めんどくせぇ。

ザクラの頬《ほお》は引《ひ》き攣《つ》った。

「……とりあえず、女に手を上げるのはやめておけ」

「あとはあとは!?」

「……俺もよく分かってねぇが、偉そうにすんのは筆頭ヤンキーの仕事だ。そういうのは、筆頭ヤンキーになってからにしろ。もっとヤンキーらしい行動を心がけとけ」

「ふむふむ。ぜひお手本にさせてもらおう。じゃ、僕も今日からこのクラスに居座るから。というわけで、そこのお前、どいてくれる？」

カズマはハジメを手で払った。

「あ？　俺の席だが」

「今から僕の席になったんだよ」

「てめぇ、表出ろや」

「タイマンか？　いいよ、やろう」

ふっ、とザクラは二人のヤンキーらしいやり取りに笑った。

まだ《天下逆上《てんかぎゃくじょう》》が《天下逆上》になる前の思い出である。

●第一章　旧《ふる》き旧友の友交と新しき新友の交友

黒淵《くろぶち》のヤンキーたちはリノリウムの床に立ち、薬品くさいその空間で顔をしかめていた。リノリウムという天然素材の床材には抗菌作用があり、有害物質も発生しないため毒への耐性を持たない一般的なヤンキーにとっては歓迎すべき床材だ。

閉め切ったカーテンの隙間から真っ昼間の陽光が部屋に押し入る。点《つ》けっぱなしの照明がチカチカと明滅していた。

ダブルベッドに横たわるのは、元圧黄《あつき》高校の土塔《どとう》ハジメだ。

黒淵の筆頭ヤンキーである赤城《あかぎ》ザクラを始め、S級ヤンキーの鬼津《おにつ》アオイ、その彼氏になった自称陰キャオタクの安室《あむろ》レンジ、さらには元圧黄四天王のフウ、キン、オンギョウに加えて桜川《さくらがわ》スイ。総力戦を最後まで生き抜いた錚々《そうそう》たる面々が狭い部屋に揃《そろ》っている。

——にも拘《かか》わらず、ヤンキーである彼らは思い思いに過ごしているためハジメが目を覚ます瞬間には誰も気づかなかった。

「なんだこりゃ……」

乾ききった低い声だ。

俺はいったいどれだけの時間眠っていやがった……。

上半身を起こすハジメの視界に映るのは見覚えのない空間だ。ダブルベッドの頭側は壁に付けられ、左側から足下までを医療用カーテンが遮る。開かれた右側から見える室内の光景で状況の大枠はなんとか把握できた。

恐らく場所は保健室……圧黄の保健室は使い物にならねぇから、黒淵か。

そうだ、カズマにタイマンを吹っかけられたのか。あの野郎、シマトリーの時間外にカチ込んできやがって。そんで……ああ、くそっ。保健室にいるのは、そういうことか！

唐突に照明が遮られて影になった。

飛び上がった坊主頭の大男が視界に乱入してくる。

「ハジメ！　起きたのか！」

ずいぶん長く会っていなかったような気がしてしまう。元圧黄四天王の一人であり苗字《みようじ》を持たない幼馴染《おさななじみ》──キンだった。

病み上がりで避《よ》けろというのは無理な話だ。

キンの着地でダブルベッドが壊滅的な悲鳴を上げながら揺れた。

「おい、バ──」

不平を漏らす間もなくヘッドロックをキメられた。

「心配したぞ、コラ！　元気そうじゃねぇか！」

「たった今まで寝てたヤツに元気そうとは……都合のいい頭しやがって」

「おっと、すまねぇ。ひでぇ声だな。何か飲むか？」

あっさりと解放される。

「甘くないやつ。なければ水でいい」

「よし、待ってろ」

キンが引っ込むと、オンギョウが入れ替わりで横に立った。圧黄《あつき》で着ていたボロボロの改造制服を引き続き着ている。前よりもボロが進んでいるようだ。

「コーラじゃなくていいのか？」

オンギョウは開栓された缶コーラを差し出してくる。受け取ってみたものの中身は空だった。掲げて逆さにしてみると、かろうじて一滴だけ口の中に落ちる。

「ゴミを渡すな」

「へへっ、美味《うま》かったぞ」

「お前、本当に強くなりてぇなら炭酸はやめとけ。日頃の鍛錬が無駄になる」

「たまに飲むからいいんだろ」

「やめたらS級になれるぞ」

「やめるわ」

「嘘《うそ》つけ」

ははは、と声を上げて笑い合う。こんなくだらないやり取りがすごく久しぶりに思えてしまう。アッキTVの元ヤン共との取引は、思っていた以上に重荷になっていたようだ。

これだけ見事にゴム毬《まり》となった後だというのに全身が驚くほど軽い。

負けてよかったのかもしれねぇな。

なんて、ヤンキーらしくない思考に自ら苦笑してしまう。

「ハジメ、負けたのか？」

オンギョウの横にフウが立った。気だるげで今日もキマらない髪型をしている。

「見りゃ分かんだろ。負けちまったよ」

「やってらんねぇな。緑織《みどりおり》の威風《いふう》カズマってタイマンでもつえーのかよ」

「天下逆上《てんかぎやくじよう》に弱いやつはいねぇ。まあ、俺は黒淵《くろぶち》とやり合った直後だったからな。万全の状態なら負ける気はしねぇよ」

「本当はすぐに報復に行きたかったんだけど……わりぃな、ザクラが止めやがった」

「だろうな。筆頭ヤンキーとしては賢明な判断だ」

「何言ってんだよ。報復と髪のセットは早ければ早いほどいいだろ」

「総力戦の後で全体が疲弊しきってる。万全でも今緑織と喧嘩《けんか》すんのは厳しいが」

「その件だが」

カーテンの向こうからザクラの声が聞こえた。

左側のカーテンが思いっきり下に引っ張られてカーテンレールのフックが弾《はじ》け飛《と》んだ。

辛気くさい表情を顔面に張り付けたザクラだ。その後ろには戦いを共にした面々が病人ほったらかしで好き勝手に過ごしている。スイはてめぇ少なくとも元圧黄四天王だろうが。

「今後の方針で相談がある」

ザクラの声音は表情以上に辛気くさかった。

「相談？　どうやら俺は寝ぼけてるらしいな」

「勝手に寝ぼけるな」

「筆頭ヤンキーはてめぇだろうが。いきなり助言求めてんじゃねぇよ」

「悔しいが、人をまとめるという点では俺よりもお前の方が上手《うま》くいっていたからな」

ふっ、とハジメはザクラの言葉を鼻で笑った。

こいつには、そんなふうに見えていたわけだ。

「賢くなりやがって」

「強くなるために遠回りしている暇はないと分かっただけだ」

ハジメはレンジに視線をやった。この東北出身のバケモノのせいだろうが、彼女とのんきに漫画雑誌を読んでいやがる。これで規格外の強さだと言うのだから納得がいかねぇ。

実際に喧嘩《けんか》したからこそ分かる。

強くなるために遠回りしていては絶対に追いつけない。だが、それでもいつか追いついてやる。だからてめぇは、今はアホみたいに好きなだけ彼女とイチャラブをキメておけ。

「聞いてやる。相談ってなんだよ」

聞くのか、とザクラは意外そうにぼやいた。

「黒淵《くろぶち》に圧黄《あっき》の勢力が加わった今、俺たちは緑織《みどりおり》に勝てると思うか？」

「さっきの会話聞いてただろ。厳しいってんだよ」

「それは、現状の戦力では、だろ？　底上げしたらどうなる」

「結論出てるじゃねぇか」

「同じ考えならありがたい。協力しろ」

「協力もクソもねぇだろ。もう同じ勢力だ。気にくわねぇが、俺も黒淵として働いてやる」

「それが聞ければ十分だ。カズマの果たし状は蹴ってやったが、代わりに模擬喧嘩をすることになっている」

「模擬喧嘩だと？」

「シマトリーの時間外で、互いの汎用ヤンキー同士を喧嘩させる予定だ」

「要するに、ただの喧嘩じゃねぇか」

「うちにとっては全体の戦力が測れるからありがたい」

「そりゃそうだが、向こうにメリットなんてあんのかよ」

「メリットで動くようなやつじゃないだろ。こっちは喧嘩したがってるあいつのガス抜きついでに力比べをさせてもらうだけだ。後で直接緑織に出向いて日程の調整をしてくる」

「まあ、それなら悪くねぇか。人質にされたら笑ってやるからな」

「カズマがそんなことをすると思うか？　仮にも一国の王だ」

「皮肉だな」

「ところで……ハジメ、体の調子はどうだ？」

ザクラの声が低く落ちた。

「俺の心配する余裕があんなら、クソ雑魚の汎用ヤンキー共を気にかけてやれよ」

「ふん。それならいい。よし、体育館に集合だ！」

ザクラは声を張り上げた。

寝起きで頭が覚めきっていないハジメは面食らう。

「いきなり先公みたいなこと言いやがって……」

「集会だ。今後のことも考えれば、修行は必須だからな。圧黄のヤンキー共を加えたうちの全ヤンキーを体育館に集めた。お前待ちだったんだよ」

「ハッ、うぜぇな。相談するまでもなく、筆頭ヤンキーらしくなってるじゃねぇか」

ハジメは掛け布団をはねのけてベッドを降りた。キンが差し出してくる茶をぶんどって一息に飲み干す。

その背中をスイが目を丸くして見ていた。

「もう大丈夫なのかよ……」

ハジメは背中で語る。

「S級ヤンキーをなめんじゃねぇ。土塔《どとう》ハジメ、復活だ！」

最大の望みは潰《つい》え、圧黄としてのプライドは失った。それでもヤンキーとしてのプライドは失っていない。

――俺たちが天下を取る。

いつか口にしたその言葉に再び意味が生まれた。

文字通りの復活だ。協力してやるさ。

ザクラ、俺はお前と頂点に立つ景色を夢見たこともあったんだからな。

お前だってそうなんだろ?

決して口にしない本心をハジメは呑《の》み込《こ》んだ。

保健室を出て、廊下にザクラと二人で並ぶ。

「よく帰ってきたな」

ザクラがそう言って肩に腕を回してくる。

「待たせたな」

肩を組む二人は決して視線を合わせなかったが、その口元は無意識に弛《たる》み、廊下の窓から差し込む直射日光に照らされていた。


ヤンキーがぞろぞろと保健室を出て行った後、最後までその場に残っていたのは、安室《あむろ》レンジと鬼津《おにつ》アオイだった。レンジはにやついていた。

やっぱ、これだよなあ。

漫画雑誌の開いたページは、バトル漫画の友情シーンだった。

かつて仲間だったやつが道を違《たが》え、アツいバトルを繰り広げた挙げ句にまた仲間として戻ってくる。最強に強く強化された友情だ。それが今、目の前で生まれたのだから少年漫画好きのレンジはオタクとして昂揚《こうよう》せずにはいられない。

……オタク故に多少誇張されて見えたりもするのだが。

「行かないのか?」

アオイに促され「行くよ」と言って立ち上がる。

レンジが期待するリアルタイム少年漫画のような超絶オタク的コンテンツは、今、目の前で次なるステップを刻もうとしている。

はあ……オタクでよかった。

シマトリーに参加している誰よりもヤンキーの喧嘩《けんか》を楽しめている自信がある。

レンジは幸せを噛《か》みしめながら保健室を後にするのだった。


黒淵《くろぶち》の体育館には、総勢三〇〇名を超える汎用ヤンキーたちが集まっていた。ランクの高い者は必然的に幹部級の扱いでステージの前に立つ。ランクではD級でしかないレンジが汎用ヤンキーの群れに溶け込もうとしているのは、見る者によっては滑稽な光景だ。

これが、新生黒淵としてまともに開催された最初の集会だった。

ヤンキーたちによって切られ破られズタズタにされた緞帳《どんちょう》に彩られる壇上から、ザクラはヤンキーの集まる壮観な光景を威厳たっぷりに見渡した。体の底から湧き上がる武者震いに身を任せ、腹の底から大砲のような声をぶち上げる。

その日、黒淵の筆頭ヤンキー赤城《あかぎ》ザクラは宣言した。

「筆頭ヤンキー赤城ザクラが宣言する！　黒淵大修行大会の開幕だ！」

○

緑織《みどりおり》農業高校。

そこは、学校の敷地の大半を農地が占めている。規則正しく等間隔に並ぶ畑や田んぼは、並の等間隔ではなくヤンキーらしい大雑把《おおざっぱ》と拘《こだわ》りによって等しく耕されていた。

農機具の収納や集会をするために必要以上にプレハブ小屋が建てられているが、その中には筆頭ヤンキー御用達《ごようたし》の特別なプレハブ小屋が存在する。

プレミアムプレハブ小屋。

異様な建物は、緑織で代々そう呼ばれている。

高校の敷地外からまっすぐに延びてくる農道を直進すれば、嫌でもその威光を湛《たた》えた小屋に行き着くことだろう。

筆頭ヤンキーの趣味嗜好《しこう》によって千変万化する小屋は、昨年からちょっとした西洋の城のような外観に身を包んでいた。

「チッ……相変わらず悪趣味な外見してやがる」

赤城ザクラは、城が見えてくるなり悪態を吐《つ》いた。

農作業中の汎用ヤンキーたちがザクラの姿に気づいたのか、慌ただしく動き出す。

通常の汎用ヤンキーならザクラにガンの一つでも飛ばすところなのだが、彼らは違う。

一切の迷いなく、それぞれが各々持っている役割を全うするため軍隊のように走り、あっという間に農道の両脇に列を作って向かい合った。彼らはお互いに一切ぶつかることなく、流れるように列を作り出していた。

プレミアムプレハブ小屋の入り口を始点にして農道の上をレッドカーペットが転がった。その上質な布は、ザクラの前でぴたりと止まる。

「ああ？　歓迎されてんのか？」

「そういうわけではないよ」

声の主はプレミアムプレハブ小屋から現れた。

「まさか本当に来てくれるとはね、ザクラ」

「来いって言ったのは、お前だろうが、カズマ」

緑織《みどりおり》農業高校筆頭ヤンキー、威風《いふう》カズマ。

彼がレッドカーペットに足を乗せた瞬間、快晴の空の下に雷鳴が轟《とどろ》いた。爆発的な《邪《ヤン》気威《キー》》を瞬間的に放出することによって起こる超常現象。

故に彼が《天下逆上《てんかぎやくじよう》》時代に付けられた異名は《雷鳴指揮官》である。

「この赤いカーペットは愚民たちが勝手に用意してくれる。僕のためにね。こんなもの僕は望んでいないのだけれど、何度やめてくれと言ったところで彼らはやめないんだ」

カズマが歩くたびに両脇の汎用ヤンキーたちが示し合わせたように片膝をついていく。

愚民。

これが、《雷鳴指揮官》によって徹底的に鍛えられた汎用ヤンキーの群れだった。

すべての愚民が膝をついた。それは、ザクラとカズマが殴り合える距離で向かい合ったという意味だ。

「安心しなよ。愚民の中に女ヤンキーはいない」

「知るか。悪趣味には変わりないだろ」

「僕の趣味じゃなくて、彼らの貧相な発想だ」

「あの城もか？」

「あれは、僕の趣味」

「大差ないだろ」

「そう言わないでくれ。きっと中に入れば考えも変わるさ」

カズマは踵《きびす》を返してレッドカーペットの上を歩き始めた。

後をついていこうとするザクラだったが、赤布に足を載せようとすると、端から愚民たちがカーペットを巻き取っていく。あくまでもカズマ専用ということらしい。

「いちいち鼻につくな……」

プレミアムプレハブ小屋に入ると、爽やかなハーブのような香りが鼻を突いた。

西洋の城と洋館をごっちゃにしたような内装だ。両サイドの壁からシンメトリーに伸びていく階段が、二階相当の高さで弧を描いて合流している。

天井が高いというプレハブ小屋の利点を贅沢《ぜいたく》に活《い》かした造りだった。

「どうだい？」

「指揮官のままでいりゃよかったものを」

「昔、誰かが僕に筆頭ヤンキーは偉そうにしろって言ったからね」

階段を上った先には、王室を思わせるような重厚な扉があった。その先はガラスのシャンデリアが下がるだだっ広い洋室に繋《つな》がっている。明るい照明が大理石の床に反射してうるさい部屋だった。

そこは、代々緑織《みどりおり》の筆頭ヤンキーが居座る私室である。

プレハブ小屋半分程度の面積を誇る上質な空間。

窓からは緑織が所有する広大な農地やグラウンドを臨むことができる。

部屋の隅にある天蓋付きのベッドはカズマが寝泊まりしているのだろう。広い執務机の上に積み重なる書類はカズマの学業と仕事の痕跡だ。中央に陣取るのは掃除の行き届いた綺麗《きれい》なテーブル。六人分の椅子と、席ごとに置かれた六人分のティーカップ。菓子も様々用意してあり、いつでも茶会をキメられるようになっていた。

「今日は天気が良いね。テラスにしよう。ついてくるといい」

「あ？」

室内にある壁際の階段から再び一階に降りる。アイランドキッチン、バスルーム、プレミアム厠などを備えたよりプライベートな空間に背を向け、ガラス戸を引いて外に出ると、そこにはテーブルとチェアを散りばめた不必要に広いカフェ風のテラスが広がっていた。

「どこでも好きなところに座っていいよ。紅茶を入れよう」

「俺を煽《あお》っているのか？」

「まさか。お茶会をしながらゆっくり会合でもしようじゃないか」

「ふざけるな。俺は模擬喧嘩《げんか》の日程調整に来ただけだ」

「それならカチコミルで連絡を取ればよかっただろう？　わざわざ来てくれたんだから、少しくらい持てなしをさせてくれよ」

「毒でも盛るつもりか？」

「そんな回りくどいこと、僕がすると思うかい？」

パチンと指を鳴らした。直後、プレミアムプレハブ小屋を《邪気威《ヤンキー》》が取り囲んだ。

「これは……」

「汎用ヤンキーでも、これだけ集まれば結構強いものだよ」

「俺はS級だぞ」

「でも《純白の悪魔》ではない。僕のカリスマは愚民を一時的に強くする。知ってるだろ？」

「……チッ、ふざけやがって」

汎用ヤンキーだけを比べても差はあるだろうとは思っていたが、これほどとは。

C級……いや、ほとんどB級だな。中にはA級に届くやつもいる。元のランクから一、二ランク程度バフがかかるってところか。

一年目のシマトリーを辞退して修行を積んだだけのことはある。

「これだけの戦力があれば、模擬喧嘩にする理由はないだろ」

ザクラが疑問を口にした。

「何を言ってるんだ。シマトリーは長い。あっさり終わってもつまらないじゃないか」

「ふん、余裕だな。汎用ヤンキーではそっちに分があるかもしれないが、こっちにはA級とS級が何人もいるんだぞ」

「たしかにA級とS級は足りてないね。でも、最終的に物を言うのは全体数だ。これだけの人数が、的確に連携を取って喧嘩《けんか》できるとしたら……どれほど強いと思っている？」

「……やってみなきゃ分からないだろ」

「そうだね。それが喧嘩の醍醐味《だいごみ》だ。で、模擬喧嘩ではなく本気の喧嘩をやりたい、と」

「模擬喧嘩にする理由が分からないと言ってるんだ。いったい何が目的だ」

「見れば分かるだろう？」

カズマは両手を広げ、室内を見るように促した。

「……どういう意味だ？」

どれだけ見渡しても、ザクラには何が目的なのかさっぱり分からない。

「お茶会を始めよう」

カズマはニッコリと笑った。

「……俺と茶を飲むのが目的ってことか？」

「そうだけど」

「じゃあ、なんだ。模擬喧嘩は呼び出すための口実か？」

「悪いかい？ 久しぶりじゃないか」

「……相変わらず、何考えてるか分からないやつだ」

「他の《天下逆上《てんかぎやくじよう》》メンバーほどじゃないよ」

反論しようとしたが、ハジメですら幼馴染《おさななじみ》の三人のために密《ひそ》かに動いていたという秘めた秘密があったくらいだ。

カズマの言うとおり、得体の知れなさではどのメンバーも似たり寄ったりだろう。

……俺の方にも全くないとは言い切れないしな。

「紅茶なら、ミルクティー以外は認めないぞ」

「純白のミルクティーを用意するよ」

ザクラは諦めてお茶会に参加することにした。

椅子を引いて座ると、カズマはティーカップに紅茶を注ぐ。もうもうと湯気が立った。

「熱そうだな」

「ザクラ、紅茶に適した温度が何度か知ってるかい？」

「聞いたことがある。たしか、九五度だったか……？」

「はずれ。正解は、一〇〇度だ。飲み物は熱ければ熱いほどいい」

「ふん。違いない」

紅茶はホットミルクを加えてミルクティーと化した。茶会が始まる。

「菓子はいるかい？」

「いらん」

「高級品を用意してあるんだけどな」

ザクラは限りなく純白に近いミルクティーをすすった。

カズマも呼応するように紅茶をすする。香りを堪能して満足げに目を閉じた。

「この紅茶も緑織《みどりおり》で育てた茶葉を使ってるんだ」

「なんだ、この状況は。俺は日程の調整に来ただけだぞ」

「そう焦るな。僕の周りには愚民しかいなくてね。たまには対等な話し相手がほしいんだ」

「他にS級はいないのか」

「いるにはいる。でも、彼の考えていることは愚民とはまたちょっと違う。あれはあれで、対等にはなれない相手だ」

「お前にそう言わせるだけのヤンキーか。いずれカチ合うことになるだろうな」

「どうだろうね。彼が強いのか弱いのかすら、僕には分からない」

「……オタクか？」

カズマは目を丸くした。

「どうして分かった？」

「うちにもいやがる。そんなやつがな」

「それは面白い」

「模擬喧嘩《げんか》の日程だが、来週月曜の放課後はどうだ」

「構わないよ」

「場所は黒淵《くろぶち》の校庭だ」

「緑織《みどりおり》の無目的グラウンドを使ってもいいけど」

「罠《わな》でも仕掛けてると思ってるのか？」

「ハジメはともかく、ザクラはそういうことをしないはずだ」

「だったら決まりだ」

カップに残っていたミルクティーを一気飲みする。

カチャン、と音を立ててカップを置いた後、ザクラは立ち上がった。

直後。

プレミアムプレハブ小屋を囲う汎用ヤンキーたちに向けて、己の強大な《邪気威《ヤンキー》》を一気に放出する。

典型的かつ単純な威圧。周囲を包んでいた《邪気威《ヤンキー》》は呆気《あつけ》なく揺らいだ。

「ふん、悪くないミルクティーだった」

「もう行くのかい？」

「用は済んだからな。俺たちも修行をしている。少しの時間も無駄にできない」

「つれないな。またいつでも来てくれよ」

「次にここに来るときは、本気の喧嘩《けんか》をするときだろう」

「……そうか。それは、楽しみだね」

そう言ったカズマの表情の端には寂しさが滲《にじ》んでいた。

ザクラをプレミアムプレハブ小屋の入り口から見送る。農道を歩いて行くザクラの後ろ姿は、喧嘩前の決意に満ちたヤンキーのそれだった。

「勝つのは緑織だ。でも……一番強いのは《天下逆上《てんかぎゃくじょう》》なんだけどね」

孤独な王は、あったかもしれない未来を旧友の背中に視《み》ていた。

○

その部屋は陰鬱を極めたような薄暗さだった。

行灯《あんどん》の火によってかろうじて部屋の全貌を認識できた。四方のうちの三方が障子と襖《ふすま》に閉じられている。長方形の部屋の中央には、これまた長方形の木製テーブルが鎮座し、囲うようにカタギとは思えない見た目の面々が背もたれの高い椅子に座っていた。背もたれの角に二対の狐《きつね》の装飾が腰を下ろしている。

テーブルを囲う椅子は八つ。下座の一席を除いて七つの席が埋まっていた。

「シノギを荒らされた件。オヤジも嘆いている」

低い声が静かな部屋の空気をわずかに震わせた。彼の片目は潰れている。見るからにカタギではない雰囲気の男が、議長代わりに上座に座っていた。

「アッキTVが潰され、その報復もヤンキーのガキにやられた。何か軽口でも叩《たた》きたいやつはいるか」

「オヤジが嘆いてる？　たかがシノギの一つだろ。いくらでも他で稼げる」

それが軽口なのかどうかは分からない。彼の口元は龍《りゅう》柄の黒マスクで隠されている。

「アッキTVは収益だけじゃない。うちの今後にも関わる重要なシノギだ。オヤジへの反抗が何を意味するのか分かってんだろうな」

「アホ。てめぇを信用してねぇだけだ」

「いいだろう。だったら単刀直入に言うが、オヤジからはシマトリーを潰せとのお達《たつ》しだ」

龍柄マスクはそれを聞くなり、ハッ、と笑い捨てた。

「ヤンキーのクソガキ共のお遊びを潰せと？」

「次はないぞ。オヤジのお達しだ。しかし、ガキのお遊びであることも確かだ。軽くケジメを付けさせる方法があるなら、意見を募りたい。ないなら俺から提案がある」

「回りくどいのは、どうも性に合わねぇ。言いな」

「ここにとあるヤンキーを呼んでいる」

誰も文句はないのか、続く言葉はなく、静けさが部屋を満たした。

「あん？　ヤンキー？」

「来い、覇乱《はらん》ガウス」

「おっそい。いつまで待たせせんの」

その声に七人全員の視線が一点に集まった。

足音どころか襖《ふすま》を開ける音すらもなく、いつの間にか空いていたはずの下座の一席が埋まっていたのだ。

気だるげな視線は誰の目にも合うことなく、全身からやる気のない《邪気威《ヤンキー》》を放出してテーブルに頬杖《ほおづえ》をつく。高校二年という年端のくせに幼い印象を与えるのは、その態度故だろうか。天下逆上《てんかぎやくじよう》の一人《絶望遊戯》――覇乱ガウスがそこにいた。

「なんだこいつは……」

龍柄マスクの男が驚嘆混じりに呟《つぶや》くと、ガウスはため息を吐《つ》く。

「退屈しない遊びがあるって聞いてきたんだけど。なにこれ。暇つぶしにもなんないよ。ヤクザごっこなんて見せられてさ。どうすればいいんだよ」

「あぁ!? ごっこだ!? ヤンキーのガキが調子にのんじゃねぇぞ!」

「落ち着け。覇乱ガウスはこういうやつだ。上手《うま》く扱えば使える」

「こういうやつね。あんたもボクの何が分かるわけ? 使われるつもりはないし、つまらないことなら何を貰《もら》ってもやるつもりないけど」

「おい……こいつ、本当に使えんのか? 態度がデカいだけのガキじゃねぇのか」

「黙っておけ」

「黙るのはてめぇだ。本当にこいつが使えるってんなら、俺が確かめてやる」

龍《りゅう》柄マスクは立ち上がり、拳銃《チャカ》を構えてガウスに向けていた。

「あーなるほどね。退屈しないって、こういうこと。おっさんがボクの遊び相手ね」

「聞こえなかったか？　悪いのは、その耳か？　それとも口か？　一発マメくれてやる」

「死ぬぞ」

片目が潰れた男の忠告。

「回りくどいのは、性に合わねぇって言っただろ」

龍柄マスクは一笑に付した。

「聞こえなかった……っていうのは、ヤクザの尻拭いをヤンキーにお願いしようって話？」

「抜かせ、クソガキ――!!」

暗い部屋に銃声が轟《とどろ》いた。染み渡っていく残響に硝煙のにおいが混じる。

木製のテーブルにドッと重い音を立てて拳銃《チャカ》が落ちた。

「なっ……」

龍柄マスクは全身を震わせていた。

発砲された銃弾は、ガウスではなく龍柄マスク目がけて飛んでいたのだ。銃弾が頬《ほお》をかすめて自慢のマスクを抉《えぐ》っていた。マスクがわずかにめくれ、彼は慌てて口元を押さえた。

「まず、何の隙も作れてないのに普通の拳銃《チャカ》をヤンキーに向けたのが間違い」

「テメェ、何を言って……」

「銃って威力が高い分、使い手は安心しちゃうんだよね。これさえあれば一撃必殺だろうって。でも、銃は引き金を引いてから発砲されるまでにタイムラグがある」

「タイムラグ、だと？」

「トリガーを引く。点火用の火薬を打撃して火花を起こす。弾を押し出すための火薬に着火する。その爆発でようやく発砲される。銃を持ったら敵が死ぬまで気を抜くな。ねぇ、こんなの殺し屋が一番最初に覚えることでしょ？」

「それが何だ！　タイムラグ？　んなもん、一秒以下だ！　いったい、てめぇは何を――」

「ヤンキーにそれだけの時間を与えれば何でもできる。例えば、引き金を引いた直後の拳《チャ》銃《カ》に物を当てて銃口の向きを変えることとかね」

頬杖《ほおづえ》をついて座るガウスは上体を起こし、横にずれて椅子の背もたれを見せた。装飾された二対の狐《きつね》のうちの一体がなくなっている。

「馬鹿な……」

「で、ボクはなんで呼ばれたんだっけ？　まあ、いっか。もういいよね？　帰るよ？」

ガウスは椅子を引いて立ち上がった。

「だいたいさ、ヤクザの尻拭いをヤンキーに頼むなんて、いい大人が揃《そろ》いも揃って恥ずかしいと思わないの？」

あからさまな挑発だったが、部屋は静まりかえったまま微動だにしなかった。

「………正論だ」

片目の潰れた男が目を閉じて言葉を噛《か》みしめる。

「シマトリー潰すんだっけ？　ま、たぶん無理だけど。どの高校にも《天下逆上《てんかぎゃくじょう》》のメンバーがいるしね。せいぜい頑張りなよ。余計なことしてくれた方が、燃えるやつもいるし」

もはや去ろうとするガウスを止める者はいない。襖《ふすま》を足蹴にすると、バタン、とあっさり正面に向かって倒れる。無理やり作った道をガウスは堂々と踏みしめて帰っていった。

再び満たした静寂を片目の潰れた男が低い声で割る。

「忠告しただろう」

「……なんだ、あのバケモノは」

「うちが相手をしているものだ。そして、アッキTVが重要なシノギである理由の一つでもある。アッキTVの世論操作は、ヤンキー共の脅威を抑えつける防波堤になっていた」

「ヤンキーのガキが敵なのか？　むしろ、あれを飼い慣らせるなら天下を取れるぞ」

「急《せ》くな。そう簡単な話でもない」

「んなもん見りゃ分かる。こういうことなら、先に説明しておけ」

「説明の途中で拳銃《チャカ》を抜いたのはお前だ」

「正直、舐《な》め腐っていた」

「その点では……俺も同じだな。ぬるいことを言っている場合じゃないようだ」

「幹部が動くべきだな。俺がシマトリーとやらを潰してきてやる。今度は本気でな」

「下手を打ったら死ぬぞ。その上、失敗したらお前一人の犠牲では済まないのだからな」

「失敗なんてするかよ。拳銃《チャカ》よりすげぇもん持ち出してやる」

「では、任せよう。異論のある者はいるか？」

薄暗い静寂の中で反論の声はなかった。

この場に集まっている者たちは、時が来れば己の持ちうる残虐性を躊躇《ちゅうちょ》なく発揮する。

今回の件は龍《りゅう》柄マスクの男が先に手を挙げて勝ち取ったものだ。それに反論するということは、話し合いで終わらない可能性が発生するということでもある。

沈黙の中に、ふっ、と笑い声が落ちた。

龍柄マスクの男が舌打ちで応じたが、幸いにしてそれ以上のことは何も起こらなかった。

俯《うつむ》いた幹部たちの表情は、曖昧な行灯《あんどん》の明かりの中でぼやけている。

倒された襖《ふすま》を直す者もないまま、会合は続いていく。

○

模擬喧嘩《げんか》の日程調整から約一週間。

シマトリーの勢力図がほとんど動かないまま休日を迎えた。

カチコミルで話題になったのは、せいぜい週明けに黒淵《くろぶち》と緑織《みどりおり》の模擬喧嘩が控えていることくらいで、ヤンキー界隈《かいわい》は改造を忘れた五〇ccスクーターのように大人しかった。

汎用ヤンキーたちが小競り合いをするという日常はありつつも各校の筆頭ヤンキーたちは鳴りを潜めている。

一年かけて行われるシマトリーの先は長い。黒淵と圧黄《あつき》の喧嘩が終わって一区切りついたという判断だろう。しばらくは各校に動きはなさそうだった。

そんな中で行われる黒淵大修行大会。

かつて東北で最強に強い伝説のヤンキーと謳《うた》われた《純白の悪魔》にとって、今さら実力が釣り合わない者たちと拳を交えたところで何の経験値にもならない。つまり、シマトリーが動かないとなれば《純白の悪魔》は暇を持てあますしかないということだ。

血のように赤い髪と鬼の形相は伝説の代名詞だったが、今となっては漆黒の陰キャ髪にすべてを封じ込めている。《純白の悪魔》の名を《始まりの終末》に書き換えて秘匿する中二病オタク——それが伝説のヤンキーと呼ばれたはずの張本人、安室《あむろ》レンジだ。

「今週も来たぞ……秋葉原《あきはばら》！」

毎週のお楽しみである。

本日、日曜日。

レンジにとっては思いがけずイベントが二つあった。

「ハルカちゃんのサイン会……の前に、まさかブルエクが路上ライブをやるなんて」

ブルーエクスプロージョン——通称、ブルエク。

花井《はない》ハルカがヒロイン役を務めるアニメで主題歌を歌っているバンドの名前だ。

秋葉原駅の前でゲリラ的に行われることになった路上ライブは、事前告知が直前になったにも拘《かか》わらず廃倉庫に集まるヤンキーたちのような盛況を見せていた。

「うひー、こんなに人いるのか」

レンジもオタクの矜持《きょうじ》を抱いてオタ混みにカチ込んでいく。

群れの向こうでは既にブルエクが準備を始めていた。

勝手に設営されたステージは、オタク共の立つ地上から一段も二段も高い。

マイクを握りしめるボーカルは目を閉じてリズムを刻んでいる。耳に装着しているのは、特注のヘッドフォン。誰もが彼の準備が整うのを今か今かと待っているところだ。

不意に刻んでいたリズムが止まった。ボーカルの彼は目を見開き、声を張り上げる。

「いくぜ、お前ら！　まずは一発目、『伝説ビギニング』！」


——うおおおおおおおおおおおおおおお！


秋葉原《あきはばら》の地にオタクたちの熱狂が轟《とどろ》いた。

「おおおおおおおっ!?」

レンジもオタクの例に漏れず、人混みの中で腹の底から雄叫《おたけ》びを上げる。

周囲の空気が轟き、アスファルトは波打ち、駅の外観にヒビが入って駐車中のタクシーのタイヤは次々と破裂していった。

ブルエクはただのバンドではない。レンジにとっては、最強に強いアニソンバンドだ。

溢《あふ》れ出《だ》す想《おも》いに堪《た》えられず、顔面は否応《いやおう》なく上気しオタクらしさを全解放する。

やばいやばいやばい……人気バンドのライブがタダで見れるとかすごすぎるだろ！

実際にそれはすごすぎた。レンジの脳をガシガシ刺激する超展開。アツいオタクの思考は脳内に留《とど》まらず、口から言葉となって流れ出してしまう。

「秋葉原駅のロータリーをジャックして始める一発目の曲が『伝説ビギニング』だぞ!?最高すぎだろ！　花井《はない》ハルカちゃんがヒロインの大人気アニメリメイク版『遅すぎた勇者の英雄譚《たん》』のオープニング曲を一発目に持ってくるオタクに向けたサービス精神はもちろん、花井ハルカちゃんが自ら歌うエンディング曲『勇者の帰還』のＣＤ購入者限定サイン会がこれから始まるのを知っての狼藉《ろうぜき》かあああああ！」

「てめぇ、分かってんじゃねぇかあああ！」

叫び声を上げたレンジの横からさらに叫び声が上がった。

まさかの応答にレンジはびびり散らかした。

隣に立っていたのは、アニメ風の尖《とが》った銀髪をした少年だった。少年漫画の主人公のような鋭い目つきが、一六五センチ程度の身長から上目づかい気味にレンジを見る。腰ばきのズボンのポケットに両手を突っ込む重心の安定感は、古き良きヤンキーのようだった。

「名乗れ、そこのダークネスファミリア！」

と、心躍るような単語が彼の口を突いて出てくる。

「お、俺の名前は安室《あむろ》レンジ！」

レンジも勢い込んで答えた。

「ダークネスファミリア・レンジ・安室！　俺は才連《さいれん》コウ。良いオーラをしてやがるな」

「……オーラ？」

まさか、《邪気威《ヤンキー》》を見抜かれたっていうのか？

「ああ。並のダークネスファミリアからはそうそうお目にかかれないオタクオーラだ」

「お、オタクのオーラ……⁉」

「目をこらし、疼《うず》く腕を押さえ込みながら、感覚を研ぎ澄ませて俺を見てみろ。溢《あふ》れんばかりのオタクオーラが見えてくるはずだ」

レンジは言われるがままに目をこらしてコウを見た。

気の流れのようなものが見える。その辺を歩くオタクとは比べものにならない規格外の大きさだ。……って、いつも見ている《邪気威《ヤンキー》》との違いが分からないぞ。

「これがオタクオーラ……なのか？　だめだ、分からない……」

これが《邪気威《ヤンキー》》だとしたら、才連コウはかなり強いヤンキーなのだけれど。

「気に病むことはない。本来なら修行を経て見えるようになるものだからな！」

修行……！　俺にも修行しなければいけないことがあったとは。

その時だった。

「ぶっ殺してやんぜ、コラァ！」

ロータリーのオタ混みからマイクを持った三人のヤンキーが飛び上がった。彼らの視線はまっすぐにブルエクのボーカルに向けられていたが、向けられた側はまったく意に介さず歌い続けている。

「ライブにカチコミ!?」

レンジは人並みに慌てたはずだが、ブルエクのボーカルはもちろん、観客ですら突然の闖入者《ちんにゅうしゃ》に見向きもしていない。

「ダークネスファミリア・レンジ・安室《あむろ》。お前、ブルエクのライブは初めてか?」

「初めてだよ。最近東京に来たばかりだから」

「ふん、だろうな。ブルエクのライブには、ライブジャックヤンキーがよく現れんだよ」

「ライブジャックヤンキー……そんなヤンキーまでいるのか。東京はすごいな」

ライブジャックヤンキーたちはオタ混みを踏み台にしてステージに飛び込んだ。

三人のヤンキーは持っていたマイクをぶん投げ、拳を構えてボーカルに突っ込んでいく。

「まずいぞ。助けないと」

レンジは足に力を込めた。

「まあ見てな。あれもパフォーマンスの内だ」

走り出そうとしたレンジは寸前で止まった。コウに制止されたからではない。

ライブがサビに入り、会場がボルテージをぶち上げていくと同時にブルエクのメンバーたちから《邪気威《ヤンキー》》が噴き上がったからだ。

「こ、これは……」

真剣に歌っていたボーカルの表情が、したり顔のヤンキーになる。

「ブルエクのボーカルは我田《がでん》リュウジ。またの名を《爆発音源》。《天下逆上《てんかぎやくじよう》》の一人で、青火総合芸術高校《せいかそうごう》に通うS級ヤンキーだ」

リュウジはロングトーンでロックな美声を披露しながらマイクのコードを振り上げた。ぐわんとうねったコードは、飛びかかってきたライブジャックヤンキーの拳をまとめて搦《から》め捕《と》る。バランスを崩したヤンキーたちは、コードを引く力でそのまま引き寄せられた。

「ンなっ――」

ライブジャックヤンキーの抗議じみた声。

驚愕《きようがく》の表情にリュウジの回し蹴りが叩《たた》き込《こ》まれる。

途端、観客たちは一斉に歓声を上げた。

歓声の後押しを受け、リュウジは歌いながらも足技を駆使してライブジャックヤンキーたちを片づけていく。その間、一切歌声はぶれていない。目を閉じてしまえば、ボーカルがヤンキーに襲われているなどと想像する者は誰もいないことだろう。

鍛え抜かれた声帯と強靱《きようじん》な横隔膜をS級の《邪気威《ヤンキー》》で補強することによって為《な》し得《う》るブルエクのみに許された圧倒的なパフォーマンスだ。

こうしてブルエクの一発目『伝説ビギニング』が終わり、ライブジャックヤンキーたちはリュウジの目の前で伸《の》されていた。

「この程度じゃ俺のソウルは止まらねぇ！　二曲目いくぞ！」

秋葉原《あきはばら》はボコボコになったライブジャックヤンキーを餌にして盛り上がる。

「うおぉ……」

レンジは感嘆のため息を吐《つ》いた。ライブ中に喧嘩《けんか》勃発なんて。東北にはないものだ。

「アツいだろ？」

「これはアツいな」

「あぁ、悪い。ダークネスファミリアにヤンキーの話なんてしても分からねぇか」

「いやいや、すごく興味深いよ。できればもっと詳しく」

コウはレンジのことをただのオタクだと思っているようだ。

「分かるぜ。ブルエクファンとしては、我田《がでん》リュウジの裏の顔も見たいよな。深淵《しんえん》を覗《のぞ》きたがる好奇心はダークネスファミリアの性《さが》ってやつだ」

「あはは……まあ、そういうこと」

「我田リュウジは、世間的にはブルエクのボーカルとして有名だが、東京のとある地域ではヤンキーとして有名でな。《爆発音源》っていう二つ名で通ってる。青火総合《せいかそうごう》芸術高校の筆頭ヤンキー候補で、絶対音感と共に絶対邪感《ぜったいやんかん》を有するなんて評判もあるくらいだ」

「絶対邪感《ぜったいやんかん》ってなんだ……」

「ヤンキーが持つ《邪気威《ヤンキー》》を完全に判別できる能力だ。つまり、《邪気威《ヤンキー》》だけでそいつが誰なのかを完全に判断できるってことだな」

レンジも判別能力は高い方だが、例えば《天下逆上《てんかぎゃくじょう》》の六人がまとまっている場合、感じ取った《邪気威《ヤンキー》》はどれが誰のものか分からなくなるはずだ。同じような実力の

《邪気威《ヤンキー》》を比較したところで、差がないため推測で誰のものかを割り出すことができない。

黒淵《くろぶち》の校舎であればS級が少ないので、相対的に誰なのか分かるのだが。

「ん、もしかして《邪気威《ヤンキー》》って言ってもダークネスファミリアには通じないか？」

うっかり、と言わんばかりの表情をするコウにレンジは苦笑した。

「いや、勉強になったよ」

「そうか？　あとついでだ。東京に来たばかりって言うし、一つ忠告しといてやるよ」

「忠告？」

「一つ、猫丘区《ねこおか》には近づくな。一つ、青火総合芸術高校の生徒を見たら逃げろ」

二つ忠告された……。

「青火総合芸術高校って、リュウジの高校だろ？」

「そうだ。あの高校は、伝統的に青火芸術喧嘩祭が終わるまで内乱が続く。あのライブジャックヤンキーも青火のヤンキーだ。どいつもこいつも寝首を掻《か》くために必死でな。巻き込まれたくなかったら近づかないことだ」

「でも、見た感じ制服とかもないような……」

「私服の高校だからな」

「どうやって見分けろと？」

「…………」

コウは黙った。

「え？　まさか見分け方なし？」

「ぐあああ！　腕が、俺の腕が疼《うず》く！　ぐわあああ！」

「あ、やばっ。ハルカちゃんのサイン会はじまる！」

「なんだと!?　行かねぇと」

「あれ？　腕は？」

「言ってる場合か!?　ハルカちゃんのサイン会だぞ!?　腕の一本や二本くれてやる！」

コウの決意はヤンキーばんでいた。

「めちゃくちゃだけど、説得力はある！　……って、コウもサイン会に参加するのか」

「おおっと、奇遇だな！　とにかく行こうぜ、ダークネスファミリア・レンジ・安室《あむろ》！」

ライブは続いているが、この日、花井《はない》ハルカを超えるものはこの世に存在しない。

二人のダークネスファミリアがライブ会場を後にした。

○

サイン会の会場はオタクショップが入るビルの屋上だった。

整理券を持つ選ばれしオタ達で会場は埋め尽くされている。レンジとコウも目を輝かせて花井ハルカの登場を待っていた。

風の音に混じって駅の方からブルエクのライブが聞こえてくる。

曲が終わった瞬間、突如として単車のエンジン音が噴かし上がった。

音の発生源は何棟分も離れたビルの屋上。

そこには輝くミラーシールドのメットを被《かぶ》った操縦者と、操縦者の後ろに立つ女の姿がある。その頭は派手なマジカルピンクに染め上げられたメットで覆われていた。

「きたあああああああ！」

オタ達の歓声を受けて、メタリックなブラックカラーの単車は走り散らかした。

ビルの屋上を跳び、隣のビルに移り、助走をつけてさらに跳ぶ。繰り返すうちに距離は縮まり、ついに単車は会場の上空を飛んだ。

「とうっ！」

単車の背から女が飛び降り、勢いのある単車はそのまま流れていく。

メットのマジカルピンクが太陽光を弾《はじ》き飛ばしながらぶん投げられた。強い日差しを背負って飛来した彼女は、会場に勝手に設営されていたステージに堂々と降臨した。

「あなたのハートに落とし前！　天上天下愛を独占！　愛怒流声優《アイドル》、花井ハルカですっ！」

首を切るジェスチャーの後、その親指は目の前のファンに向けて地獄に落とされた。

――――うおおおおおおおおおおお！

会場は途端に雄叫《おたけ》びが爆発する。

「かわい――!!」

「愛死手流《あいしてる》――!!」

「一緒に地獄に堕《お》ちよ――!!」

オタクたちの過激な声援に花井《はない》ハルカは中指を立てたりしながら手を振り煽《あお》った。

ぴょんぴょん跳ねるたびに短束二刀流《ツーサイドアップ》にキメた桃色の髪がふぁっさふぁっさと揺れる。

過度な期待をされがちなアイドル体型は努力の賜《たまもの》で、週三で通うジムによって維持されている。筋肉と体幹の強さを見た目以上に秘めている肉体だ。さもなければ単車パフォーマンスなどできたものではない。

彼女はそんな努力をおくびにも出さずに笑顔を会場にぶちまける。

「みんなっ、大好きぃ――!!」

オタクたちの心拍数が倍になった。

「や、やばい……俺、最後まで保《も》たないかも……」

レンジが早速弱音を吐くと、コウは目を閉じて満足げに微笑《ほほえ》む。

「あとは……任せた……」

「コウ!? まだサイン会始まってないのに!」

酔ったように一体となる会場。その光景を目の前にして、ハルカは内心で安堵《あんど》していた。

ふふふ……今日も私の魅力はバッチリ満点!

頑張ったら頑張っただけ愛してくれるんだからオタクってさいこーなんだよなぁ。親衛

隊の人数も結構集まってきたけど……天下を取るにはまだ足りない？　私の魅力なら一気にがさっと親衛隊増やせると思うんだけど……見たような顔ぶればっかり。マネージャーにもっと色んな仕事取ってこいって言っておかないと。

「ハルカちゃーん！」

オタ混みの最後列、顔面を陰キャの前髪で覆ったオタクが手を振っていた。

あ、いるじゃん、新規さん。ぐふふ、私の魅力で親衛隊のメンバーにしちゃおーっと。

「今日はサイン会に来てくれて嬉《うれ》しいなっ。ありがとぉーっ！」

ハルカは片目をバチンと閉じて最後列までガンを飛ばした。それは、愛怒流《アイドル》声優業界ではウインクと呼ばれている必殺技だった。

「ほわあああ！　ハルカちゃんが、俺にウインクを!?」

「今のは俺に向けてだ！　調子乗んじゃねぇ、ダークネスファミリア・レンジ・安室《あむろ》！」

「いや、どう見ても俺だった！」

「さすがの俺も黙ってはいられねぇぞ！」

「喧嘩《けんか》はやめてほしいなぁ～」

会場に笑いが起こり、レンジとコウは申し訳なさで小さくなった。

「それじゃ、サイン会始めるね。整列してくださいっ」

その一声でオタクたちは軍隊の如《ごと》き機敏さで列を成す。一般人が汎用ヤンキーに負けない動きを見せたと言っていいだろう。一瞬で出来た列を目にしてハルカは満足げに頷《うなず》く。

この動きができるのも私の魅力のおかげだよね。うん、うん。やっぱりオタクって最高。これからもどんどん親衛隊を育てていかないと。

ハルカは愛怒流《アイドル》の顔でほくそ笑んだ。

両手に一本ずつサイン用のペンを構え、手を交差させてポーズを取る。握りつぶすとキャップが吹き飛び、インクにまみれたペン先が露《あら》わになった。

愛怒流《アイドル》とオタクがカチ合おうとしていた。

サイン会の幕開けだ。

○

両手でめちゃくちゃに書き殴られたサインがオタクたちの元にもれなく渡った後、毒にも薬にもならないトークショーが行われてイベントは幕を閉じた。

一人さっさと待機室に戻ってきたハルカは、余韻の欠片《かけら》もなく荷物をまとめていた。

遅れてマネージャーがため息を吐《つ》きながら入室してくる。

新人の女性マネージャーだ。つい先月、中年の男性マネージャーから交替したばかり。仕事には慣れてきたものの、いついかなる時も振り回してくるハルカの遠心力にはまだついていけない。

「ハルカさん……」

げっそりしている。

「おつかれさまだねぇ～」

　仕事が一つ終わったのでハルカは上機嫌だった。

「私、もうあんなことしたくないです！」

「ん？　あんなこと？」

「単車アクション！　マネージャーの仕事じゃないですよね⁉　あんなことやらされたら、命がいくつあっても足りないです！　ヘルメット投げるし！」

「何言ってるの～？　単車は安全安心な乗り物だよ。メットもあるし、単車に乗れば火山でも海の底でも空の上でも東京湾《とうきょうわん》でも津軽海峡《つがるかいきょう》でも大丈夫なんだから」

「単車にそんな特殊効果はないですっ！　どんなメンタルしてるんですか！　単車がなければ怖がりのくせに！」

「マネージャーのおかげだからね。完璧なアクションだったよぉ～。いつもありがと」

　ハルカはふわふわの笑顔をマネージャーにぶつけた。

「ぐぬぬぬ……本当に調子の良い人！　私、仕事辞めますからね！」

「まあまあ。そんなこと言わないで」

「辞めます！　絶対に！」

「じゃ、おつでーす」

「勝手に帰らないでください！　表から出たら出待ちのオタクに襲撃されますよ！」

「だいじょーぶ。どんなオタクでも、私の魅力を浴びれば指一本触れられないから」

「どんな理屈……ていうか、そういう問題じゃない！　裏口から出ますよ」

マネージャーの先導で待機室を出た。

オタクショップやイベントのスタッフに軽く挨拶をした後、ハルカとマネージャーは裏口まで送ってもらう。マネージャーとスタッフが別れ際の社交辞令を交わし合っている隙にハルカは横を通って外に出た。

裏路地から見上げた空は、澄み渡っていた。仕事終わりの爽やかさがそこにあった。

ビルの前には黒いバンが駐《と》められている。

「ん～？　お迎えかな？」

次の瞬間——バンのスライドドアが勢いよくスライドした。

中からフェイスマスクで覆面をした輩《やから》たちがぞろぞろと湧き出てくる。

「えっ、ええええっ⁉」

覆面たちが手にしているものは、拳銃《チャカ》だ。

面食らっているうちに覆面の一人が懐に潜り込み、拳銃《チャカ》をハルカの顎に突きつけた。

「叫べば撃つ」

「ひぃぃぃ」

「ハルカさん！」

ビルからマネージャーが飛び出してきた。

近くにいた覆面がすぐさま反応してマネージャーに銃口を向ける。

ビルの間に、銃声が響いた。

「ぎゃん！」

マネージャーは短く悲鳴を上げてビルの中に吹っ飛んでいった。

「マネージャー!?」

「お前もあれになりたくなければついてこい」

「いやァァ」

誘拐？　誘拐犯なの？　でも、きっと、大丈夫。この人たちも人間なんだから、私が全力で笑顔を振りまけば、たぶん私の魅力に気づいてすぐにファンになってくれるはず……。

「ねぇ、まずは落ち着いてお話しよ？」

ハルカの笑顔は引《ひ》き攣《っ》っていた。

「てめぇ、状況分かってんのか？　乗れ、ゴミカス！」

「きゃあ！」

今度こそ本格的な悲鳴が上がった。

――悲鳴。それは、このオタクの聖地においては、ただの悲鳴ではない。

我らが天使、他でもない愛怒流《アイドル》声優花井《はない》ハルカの美声による悲鳴なのである。

爽やかな空の下、その声は絶対的な響きを持って響き渡った。

秋葉原《あきはばら》の街に、地鳴りが起こる。

「うおっ、な、なんだ……」

拳銃《チャカ》を構える覆面がよろめいた。

路地という路地からオタクたちが束になって湧き出してくる。

「なんだ⁉　オタクだと⁉」

侵食する水のようにオタクたちがゆっくりと裏路地に流れてきた。コミケの整列を一〇倍に煮詰めたような密度でオタクの壁が形成され、バンを中心にして迫ってくる。

「親衛隊！　助けに来てくれたの⁉」

彼らこそ花井ハルカの魅力に取り憑《と》かれたオタクの戦士たち——親衛隊である。

一人一人にヤンキーのような強さはないものの、群れたときの気の大きさはどんな群衆よりも巨大だ。

「と、止まりやがれ！　こいつがどうなってもいいのか！　ぶっ殺すぞ！」

元ヤンの覆面は気づいていなかった。

オタクの群れである親衛隊の中に正真正銘のヤンキーが混じっていることを。

裏路地に二つの突風が吹き抜ける。

その暴風は、覆面たちが持っている拳銃《チャカ》をあっさりと空中に巻き上げた。

「なっ⁉」

「お待たせ、ハルカさん」

「間に合ったみてぇだな」

陰キャの前髪で顔を覆ったオタクと、銀髪を尖《とが》らせた背の低いオタク。

しかし、二人の醸し出す雰囲気は並のオタクではない。

ハルカの顔がパッと晴れていった。

これは、まさか……ヤンキー？　私の魅力はヤンキーにも通じるってこと⁉

引き攣《ひ》った笑顔が見る見るうちに魅力満点な愛怒流《アイドル》スマイルに変わっていく。

「あなたのハートに落とし前！　親衛隊、やっちゃって！」

「任せろ、ハルカちゃん！　レンジ、お前はハルカちゃんを安全な場所へ！」

「おっけー。元ヤンの相手、一人で大丈夫？」

「馬鹿にすんじゃねぇよ。こちとら現役のヤンキーだ」

「それは頼もしい」

すっ、と陰キャのオタクがハルカに向き直った。彼の名前は安室《あむろ》レンジ。ハルカはもちろん、彼が伝説のヤンキーであることを知らないのである。

「ハルカさん、ごめん！」

「えっ」

リアクションもそこそこにハルカは持ち上げられた。お姫様だっこでもおんぶでもない。

工事現場のヤンキーが土のうを肩に載せるのと同じ扱いだった。

「扱い雑すぎない⁉」

覆面たちが懐から新しい拳銃《チャカ》を取り出し、すぐさま発砲した。

レンジはハルカを抱えたまま飛んでくる銃弾の軌道を予測して回避。

勢いのままにビルとビルの間に体をすべりこませた。壁と壁の距離が近いビルの隙間に入ったのには理由がある。レンジは外壁を交互に蹴って高度を上げた。

「いいいいっ!? なっ、何してるのおおおっ!?」

「安全な場所に移動する！」

「もっと安全に運んでええええええ！」

「これが一番安全だから！」

「単車が一番安全なの！ 高いとこ行くなら単車に乗せてよぉぉぉぉ！」

レンジはハルカの抗議じみた悲鳴を無視した。

銃声は高度を上げていく二人を諦め、地上戦に標的を絞る。

そうこうしているうちにハルカを抱えたレンジは屋上に辿《たど》り着《つ》いた。

「ちょっとここで待ってて」

レンジは言いながらハルカを下ろす。

「え、こんなところに置いていくの!?」

「すぐに戻るから」

下ろされたハルカはガクガク震える足のせいでうまく立てず、屋上にへたりこんだ。

その姿にレンジの心は痛烈に痛み散らかした。

そうか……あの単車パフォーマンスは強がりだったのか。声優も大変なんだな。近くにいてあげたいけど……一応、コウの援護に行かないと。

「ごめん！」

実際は単車に乗ったときだけ恐怖心がなくなるというハルカの性格なのだが、レンジは盛大な勘違いをしたまま、屋上からビルの隙間に飛び降りる。

「ふえっ⁉」

屋上に取り残されたハルカは、レンジの行動が信じられず、蜘蛛《くも》が這《は》うように動いて屋上のフェンスにしがみついた。息を整えながらも銃声飛び交う地上を見下ろす。

「また壁蹴ってるよぉ……なんなのこれぇ……夢？　あ。夢だぁ……」

オタクの壁が作り出す天然の喧嘩《けんか》場。彼らは行商人もかくやという大きさのリュックに自慢の薄い本を無限に詰め込み、ライオットシールドのように構えて流れ弾を受け止めていた。その壁に隙間はなく、覆面たちは逃げ場を失っている。

「オラァ！」

「ぐふぉあ！」

コウの一撃によって覆面が一人宙を舞った。

「調子が良さそうだね」

「大したことねーよ」

戻ってきたレンジを一瞥《いちべつ》するなり、コウはニヤリと笑みをこぼす。

「ただのダークネスファミリアじゃないと思っていたが……レンジ、お前、ヤンキーか？」

「見ての通り、俺は休日の昼間にアキバに来るような陰キャのオタクだよ」

銃声が活発になった。会話中に飛んできた銃弾をレンジはさらりと避《よ》ける。

「通りすがりの陰キャオタクが軽く銃弾避けられてたまるかよ！」

「コウだって避けられるじゃないか」

「俺は選ばれし勇者であり英雄だからな。つえーんだよ」

「だったら、俺は村人Aってところかな」

「おいおい、自らモブになろうとするな。それでもダークネスファミリアか？」

「いいんだよ。俺は目立ちたくないし」

「奇々怪々なやつだな」

「人を妖怪みたいに……」

「じゃあ、村人には俺の勇姿を語り継いでもらわねぇと」

銃弾が飛び交う戦場で悠長な会話は続いていく。

そんな様子を覆面のリーダー格は、イライラを募らせながら眺めるしかなかった。

どんなに撃っても銃弾が当たらねぇ……。

どうして高校生のガキ二人に一発も当てることができない？

片方は見るからにヤンキーだが、もう片方は……何の冗談だ。陰キャじゃねぇか。

「陰キャに避けられるわけがねぇ。俺たちがノーコンなだけか……？」

それはそれとしても、こんだけ拳銃《チャカ》持ったやつが集まってんのに緊張の一つもしないで楽しそうに談笑しやがって。絶対にぶっ殺す！

「てめぇら、遊んでんじゃねぇぞ！　しっかり狙いやがれ！」

いくら強いヤンキーでも避《よ》けた先に銃弾があれば当たるしかない。もう一度、一斉射撃で逃げ場をなくす。そうすりゃ終わりだ。

すぅ、と息を吸い、もう一度、彼は叫んだ。

「撃てえええええええええええええ！」


――カチッ。


いくつもの拳銃《チャカ》が虚《むな》しく乾いた音を上げた。

「た、弾切れ……？」

銀髪のチビがニヒニヒルな笑みを浮かべた。

「なんだよ、もう終わりか」

陰キャオタクは目元を隠しているから何を考えているのか分からない。

「じゃあ、そろそろ遊びも終わりだな」

「遊び……だと？」

こちとら拳銃《チャカ》持って誘拐に来てんだぞ!?　人気声優を誘拐して関係者と世の中のオタク

から金を巻き上げるっていう銀行強盗よりもお手軽でコスパの良いヤマだったんじゃねぇのかよ！　身代金どころか鞄《かばん》すら奪えてねぇぞ！

「ハルカちゃんを触ったやつは俺が倒すよ」

「あん？　そいつは俺の獲物だ」

「早い者勝ちにするか。他は適当に」

「よし、それで」

突風が吹き荒れた。

二人から《邪気威《ヤンキー》》が吹き上がり、鋭い視線が覆面のリーダー格に向けられる。

「な、なんだ、こいつら……」

こいつは、陰キャなんかじゃない。

この、鬼の形相、まさか……そんなはずは……しかし、こいつは……こいつは……。

「待たせたな。俺たちの女神に触れた罪、償ってもらうぞ」

純白の――――

秋葉原《あきはばら》の裏路地に覆面のゴム毬《まり》が一〇個ほど転がった。喧嘩《けんか》場の壁から割れんばかりの拍手とオタ芸が勝者に贈られる。レンジは苦笑し、コウは誇らしげに手を振って応えた。

「さてと、サツが来る前にあらためるか」

コウはゴム毬に近づいていった。

「あらためる？」

「どこの腐れ元ヤンかはっきりさせんだよ」

コウはゴム毬のフェイスマスクを片っ端から剥《は》いで回る。

「なるほど。知り合いでもいるかな」

冗談で言ったつもりだったのだが、コウは深刻そうな顔をしていた。

「……めんどくせぇな。こいつら、デスエコって呼ばれてる元ヤン強盗団のメンバーだ」

「強盗団か」

「その一部だな。警察に引き渡せば大丈夫だろうけど、報復には気をつけねぇと。ヤクザのチンピラ共と関わりがあるらしいから、何してくるか分かんねぇぞ」

「詳しいね」

「レンジ、ハルカちゃんはどこにやったんだ？」

「あ。連れてくるよ」

言うが早いか、レンジはビルとビルの間に飛び込んだ。

外壁を連続で蹴り、あっという間にビルの屋上へと消えていった。

「あの野郎……何が陰キャのオタクだ。陰キャのオタクのヤンキーじゃねぇか」

ほどなくして、レンジは屋上に現れた。

「ハルカさん、しっかり掴《つか》まっててください」

「階段で降りよ？　ね？　屋上の鍵を開けてもらって……」

「地上まで落ちます！」

「落ちないで！」

レンジはハルカの言葉を無視してビルとビルの間に飛び降りた。

「いやああああああ！」

売れっ子人気愛怒流《アイドル》声優の美しい悲鳴が秋葉原《あきはばら》の街に響き渡った。

着地。地上に降ろすと、ハルカは涙目でへなへなとへたり込んだ。

「ばけもの……ばけもの……」

「ははっ、ばけものじゃなくて、ただのヤンキーだ」

コウは誇らしげに言った。

「……ヤン、キー？」

よく見れば辺りにはゴム毬《まり》が転がっている。

覆面たちをたった二人のヤンキーが片づけたってこと？

なにそれ……ちょっと最強すぎない……？

たった二人でこれなんだから、もしも親衛隊をヤンキーたちで構成できたら……。

「ぐふふふ」

「は、ハルカさん？　なんか不思議な笑い方をしてるけど」

「おい、レンジ！　ハルカちゃんになんてこと言いやがる！」

「あ、ああ。ごめんなさい」

「いいのいいの」

私の魅力はヤンキーにも通じるんだから。もっとたくさんヤンキーを集めれば、きっと最強の部隊が出来上がる。そうすれば、なんだってできるに違いない！

例えば……愛怒流《アイドル》声優を誘拐しようとした不届きな輩《やから》に自ら復讐《ふくしゅう》するとか。

どうせ、このゴム毬も組織の一員でしかないってやつでしょ。こんなふざけたことをするやつら……私自ら落とし前つけてやるッ！

「ふひひひ」

ヤンキーたち、ちょーっと利用させてもらっちゃおーっと。

「は、ハルカさん!?　大丈夫じゃねぇのは、お前の頭だ！」

「レンジ！　大丈夫!?　大丈夫!?」

裏路地にパトカーのサイレンが聞こえてきた。

さらに割って入るように単車の雄叫《おたけ》びが上がる。

その場の全員が空を見た。

そいつは、オタクの壁を飛び越え、突き刺す陽光を遮って影を落とす。

爆裂な勢いで乗り込んで来たのは、黒光りする単車だった。

アスファルトに着地するなり、摩擦の叫びを上げながらタイヤ痕を引きずって停車する。

ポスターにして飾りたくなるようなオタク心をくすぐる単車アクションがキマった。

操縦者は、シールドを上げて叫ぶ。

「ハルカさん、とんずらかましますよ！」

「マネージャー!? 生きてたの!?」

「勝手に殺さないでください！ 愛怒流声優《アイドル》のマネージャーは、防弾チョッキ必須です！」

「さっすがぁ！ あと、ライディングスキルとかね」

「それは違う！ 私、これが終わったら仕事辞めますからね！」

「まあまあ、そう言わないで」

ハルカは単車に飛び乗った。

密度の高いオタクの壁が軒並み呆気《あっけ》に取られている。無理もない。レンジとコウですら目を丸くしているのだ。

「だめです！」

「ねぇ、マネージャー？ ちょっと相談があるんだけどぉー」

ハルカの猫なで声をマネージャーはバッサリ切り捨てた。

「まだ何も言ってないぃ！」

「ハルカさんの猫なで声は、ろくなことがないんです！」

「行きたいところがあるだけ。だから、仕事を休みたいなーって」

「え……仕事を休む？ 大歓迎なんですけど。ちょっと詳しく」

パトカーのサイレンが壁のすぐ外までやってきた。

「まずい……サツが来ました！ ひとまず、とんずらかまします！」

「なんで逃げようとしてるの？　私、被害者だけど」

「単車パフォーマンスとか、バレたら面倒なことがいくらでもあるでしょう！」

「たしかに！」

単車がガリガリと音を上げて走り出した。

「親衛隊のみんなーっ、今日ここであったことは、私とみんなの秘密だからねーっ！」

――うおおおおおおおおおおおおおっ！

オタクたちは秘密という単語に心を躍らせ、ハルカは雄叫《おたけ》びに見送られて去っていった。

レンジとコウは我に返る。

「ダークネスファミリア・レンジ・安室《あむろ》」

「ほあ」

「連絡先教えとけよ。また遊ぼうぜ」

「おおっ!?　いいの？」

「当たり前だ。同じダークネスファミリアだろ。だが、あんな卑怯《ひきょう》な元ヤンになるんだったら絶交だからな」

互いにスマホを出し合って連絡先を交換した。

「これでよし。よろしくな、レンジ」

「よろしく、コウ」

こうして、レンジに初めてのオタク友だちができたのだった。

トピック オタ活定期報告・花井ハルカのサイン会

カチコミル kachikomiru

始まりの終末
花井ハルカのサイン会行ってきましたー！ 最高だったなぁ

暁に吼える銀狼
お初です。終末殿もサイン会、行ったのですな

暁に吼える銀狼
小生もちょうど余韻に浸っているところでして

始まりの終末
お初です。銀狼氏も行ったのですね。会ったかもしれませんね

マジカルピンキー
おじゃましま～す！ 変なSNSがあったから登録しちゃったー☆

始まりの終末
どもです

マジカルピンキー
オタクもいるんだねぇ～

暁に吼える銀狼
もちろんです。マジピン殿も同志でしょうか？

マジカルピンキー
どうかなぁ？ 花井ハルカって書いてあったから

暁に吼える銀狼
つまり、同志ではありませんか！

始まりの終末
同志が増えるのはいいことですよ！

マジカルピンキー
プロフィールってどうやって設定するの？ あとアイコンとか

始まりの終末
ああ、それならトップ画面の設定を開いてもらって……

マジカルピンキー
あったあった。アイコン設定してみたよ～

暁に吼える銀狼
おおっ、花井ハルカたんの自撮り写真！
いいセンスしてますなぁ

マジカルピンキー
でしょでしょ？ ぐふふふー。バッチリ満点の魅力だからねっ！

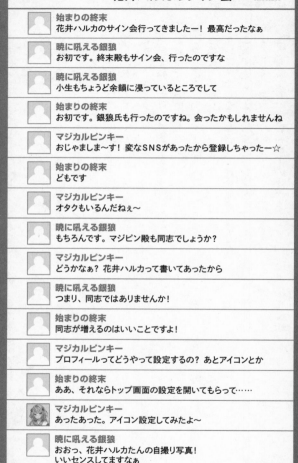

●第二章　作られし魅力で魅了作戦

世のサラリーマンが厭《いと》う月曜日の到来をシマトリーに参加するヤンキーは祝福する。

緑織《みどりおり》農業高校は猫丘《ねこおか》区最大の敷地面積を誇る高校だ。

校舎の大きさ自体は平凡。生徒数は多いものの最大数の紫想《しそう》学園には劣る。だが、猫丘区の食糧供給を一手に担う農地面積だけで他校を圧倒する広さを誇っていた。

かつては農業で鍛え上げられた肉体を武器に躍進を遂げたヤンキー校だったが、近年は農機具の発達により筋肉量が落ちて徐々に衰退。平凡なヤンキー校に成り下がっている。

それでも、汎用ヤンキーは農業をやっているだけで他校よりも肉体的な潜在能力が高く、良い指導者に恵まれれば猫丘区の勢力図をひっくり返す可能性があるとも言われていた。

そこに目をつけたのが、天下逆上《てんかぎゃくじょう》の一人《雷鳴指揮官》威風《いふう》カズマだった。

カズマは既に強い汎用ヤンキーより、今弱くてもポテンシャルの高い汎用ヤンキーを好んだ。己のカリスマ的指導で汎用ヤンキーを全員鍛え上げれば、天下を取ることも可能だと考えていたのだ。

高校二年目。

目論見《もくろみ》は奏功した。彼の指導は実を結び、緑織の平均戦力は底上げされてどの高校からも無視できない存在になっている。

「ふむ……」

プレミアムプレハブ小屋の一室だった。

カズマは執務机の前に座って紅茶を飲んでいる。

「悪くない紅茶だね」

「そうか？　俺には違いが分かんねぇけど」

緑織《みどりおり》農業高校一年、S級ヤンキー、才連《さいれん》コウ。

特徴的な銀髪と高校一年にしては低い身長で、愚民がほとんどを占める緑織の中でカズマに次いで目立つ存在だった。加えてヤンキーなのにオタクで中二病に罹患《りかん》したダークネスファミリアというぶっ飛んだ趣味は、さすがのカズマも理解が及ばない域に達している。

「紅茶なんて、ヤンキーとは縁がなさそうに思うんだけどな」

「僕からすればオタクの方が縁遠い趣味だと思うけどね」

「そんなことはねぇよ。バトル漫画なんて腐るほどあるぜ」

「ふむ。たしかにね。紅茶でも野菜でもそうだけど、やっぱりヤンキーは極まったものを好む。中途半端な質の水を飲むくらいなら、ここで育てた極上の紅茶を飲む方がいい」

「そりゃそうだ。なんでも最強に強い方がいい。ま、俺は飲み物まで気にしねぇけど」

「というわけで、今回の紅茶はダメだ」

「悪くないって言わなかったか？」

「悪くないけど、ちょっと発酵が進みすぎている」

カズマは手元で茶葉を揉《も》んで香りを捻《ひね》り出《だ》す。

「香りも弱いし、緑織の名で売りに出すならもう一歩クオリティを高めないと」

「そうか。じゃあ、担当者にはそう伝えておく」

コウは緑織農業の生徒の役割として報告に来ていたが、個人的な目的は他にあった。

秋葉原《あきはばら》に現れた強盗団、通称デスエコ。真の名は、デスエコロジーズだ。

一見ふざけた名前だが、元ヤンの彼らがかつてヤンキーだった頃に所属していた高校が組織名の由来になっている。つまり、緑織農業高校にあやかっているのだ。在籍時に学年を上げて結成された組織がデスエコだった。

「なぁ、カズマ」

「ふっ……お前は本当に面白いやつだな」

「あ？　何がだ？」

「いや、ヤンキーらしくていいと思うよ。僕をカズマと呼ぶやつは限られているんだ」

「ダークネスファミリアじゃないんだから、ただのカズマだろ。他になんて呼べばいい？」

「その通りだ。僕はダークネスファミリアじゃない」

「愚民共みたいにカズマ様とか呼ぶ気はねぇぞ」

「構わないよ。なぜかコウには僕のカリスマが効かないみたいだからね」

「悪いが、他に信奉してる人がいるんでね」

自分で言うのも変な話だが、愚民たちがカズマのカリスマに魅せられる気持ちは分かる。

なぜなら、コウにも花井《はない》ハルカという存在がいるからだ。ハルカは幼い頃から声優界で活躍する天才だ。その才能はもちろん、圧倒的なかわいさから放たれる魅力にコウは凄《すさ》まじくメロメロだった。

「そもそも、僕のカリスマはS級には効かないし、明らかに対立しているヤンキーにも効きづらい。まあ、一瞬ビビらせるくらいならできるだろうけど」

「ビビらせるくらいなら俺にもできる」

「ハハハ、それは頼もしい」

「話を戻すが……実は、OBをボコしてきちまったんだ。しかもサツに連れて行かれてる」

「OB？　詳しく話してくれ」

カズマはティーカップを置いた。肘を突いて指を組む。

「俺が秋葉原《あきはばら》でいつも通りオタ活をしていたら、誘拐事件に遭遇しちまった。詳細は省くが、事件は俺が華麗に解決しておいた。……その犯人が、OBの強盗団デスエコでな」

「あぁ、OBって、そういう……ふっ……はは、ははは、アハハハハ！」

突然、カズマが腹を抱えて笑い出した。

「いやあ、愚民らしい顛末《てんまつ》だ！　これだから愚民は愚民なんだよ。デスエコってあれだろ？　去年はうちの三年だった愚民たちだ。大した元ヤンでもないのに、拳銃《チャカ》を持った途端に強盗団か！　愚民の成長は美しいけど、堕落はいつだって滑稽だ」

「でも、あいつらヤクザとも関わりがあるんじゃ……」

「そんなの勝手にすればいいさ。愚民は愚民としかつるめない。ヤクザもやつらの仲間なら、どうせ愚民でしかないさ」

「そうか……気にしないなら、いいけど」

コウは安堵《あんど》したようだ。

「何か話したそうにしてると思ったら、そんなことかい？」

「ああ。大したことじゃなくて悪かったな」

「いや、面白い話が聞けたよ」

「あ、そろそろ時間か？」

コウは時計を確認した。放課後が迫ってきている。

「もうこんな時間か。コウには留守番を頼むよ」

「やっぱり俺の出番はなしなのか？」

「今日の模擬喧嘩《げんか》はお互いの汎用ヤンキーの力比べだ。元よりA級以上の戦力が出張る予定はない。ついて来たいなら、別の留守番を用意するけど」

「いや、だったらいい。手の内明かしたくねぇし」

「そうかい。愚民共を連れてすぐに凱旋《がいせん》しよう。紅茶でも楽しんでてくれ。あと、お茶菓子も適当に。賞味期限がカチ込んできていてね」

コウはテーブルを振り返った。

豪奢《ごうしゃ》なテーブルには席が六つあり、各席の前にはティーカップが並ぶ。個包装のお茶菓子は六人分以上の量が用意されていた。

「なんでいつもテーブルに六人分のカップが用意されてるんだ？」

「儀式みたいなものだよ。気にしないでくれ」

「儀式、か……」

まあ、理由はなんとなく分かってるけどな。

執務机の脇に封をされた手紙が五枚ほど見えている。

「それ、出さないのか？　招待状だろ」

「馬鹿を言わないでくれ。果たし状さ」

決して出されることのない五通の招待状。

願望なのか義務なのかは分からない。彼の孤独なお茶会は、いつかあるべき形に戻ることがあるのだろうか。

終業のチャイムが広大な緑織《みどりおり》の地に鳴り響いた。

「さあ、そろそろ時間だ。黒淵《くろぶち》にカチコミをしよう」

○

夕刻を刻む夕日が黒淵の校庭にカチコミを始めていた。

模擬喧嘩《げんか》。

それは本気の喧嘩を前に行われる組み手のようなものだ。肩慣らしから喧嘩が始まり、互いの実力が拮抗《きっこう》するところまで徐々に本気を出していく。どちらかがぶっ倒れるまでやらないところが普通の喧嘩とは違うところだ。この生ぬるさ故に実力のあるヤンキーをハブいて汎用ヤンキー同士で実施することが多い。

当然、模擬なのでシマトリーに影響がないように時間外で行われることになっていた。

「開始の合図は僕が出していいのか？」

「ああ。お前の雷鳴ほど分かりやすいものはない」

カズマとザクラが校庭の端に並んでいる。

眼前に広がるのは、両校の汎用ヤンキーの群れだった。

校庭の端から端まで距離を取って向かい合う両軍は、できそこないの鬼の形相を浮かべてガンを飛ばし合っている。

模擬喧嘩なので汎用ヤンキーに該当しないヤンキーたちは気楽なものだった。せいぜい戦場の外で暢気《のんき》に観戦する以外にやることがない。黒淵に所属するA級以上のヤンキーたちは各々好き勝手な場所で観戦体勢を整えている。

「じゃあ、ちょうど一七時二三分になったところで合図を出そう」

二人の正面にはボロの校舎が聳《そび》えている。壁面にかけられたヒビの入った時計が、一七時二二分を示していた。

「タイミングは任せる。どうせいつ合図しても変わらないだろ」

「そういうことなら。景気よくいかせてもらおう」

長針が時を刻み、頂点のクロックポジションにカチ込む瞬間。

夕暮れの空に雷鳴が轟《とどろ》いた。

「愚民共、模擬喧嘩《げんか》の始まりだッ！」

――うおおおおおおおおおおおお！

鬨《とき》の声《こえ》が校庭を揺るがした。

緑織《みどりおり》の愚民たちには雷鳴の加護によって通常時を越える力が授けられる。ヤンキーとしての能力が本来のランクから一、二ランク引き上げられ、その動きは軽快になった。寸分違《たが》わぬ統率された動きは束になることで、より《邪気威《ヤンキー》》を高みへと導くだろう。

黒淵《くろぶち》の汎用ヤンキーたちは、緑織の一体感に多少はビビり散らかしながらも自らを奮い立たせて校庭を駆けた。両軍が校庭の中心に向かって集束していく。

それは、カチ合う瞬間だった。


戦場に歌が降り注いだ。

ヤンキーたちは思わず足を止めてしまう。

安物のスピーカーを通しても分かる本物の美声。

降り注ぐバラードは天使からの贈り物のようだ。

「なんだ……ありゃ」

ザクラが眉間にしわを寄せる。

「屋上だ」

カズマの視線の先、校舎の屋上に人影があった。

桃色の髪をぼふんと短束二刀流《ツーサイドアップ》にキメた女が、マイク片手にスピーカーを足蹴にして歌声を撒《ま》き散らしている。

その横には、どこから上ったのか排気量の大きそうな単車とライダーがいた。

「チッ……なんだか知らないが、足を止める理由にはならないだろ」

ザクラは天使の声量に負けないように悪魔の如《ごと》く大きく息を吸った。

「お前らッ!! 模擬喧嘩が始まってんだぞ！　目の前の雑魚を一人でも多くぶっ殺せ！」

ザクラの声は校庭に響き渡った。しかし、残響は天使の歌声にかき消されてしまう。

ヤンキーたちは誰一人としてザクラの声に耳を貸さなかった。

「なんだこれは……何が起きてやがる」

「あの歌だ」

「は？」

「あの女、僕と同じ種類の人間だよ。カリスマを持っている。汎用ヤンキーたちが、あの女の愚民にされているんだ」

「なんだと？　お前みたいなヤツが、この猫丘《ねこおか》区にまだいるのか」

「聞いたことはないけどね。カチコミということか」

「クソがッ……こんな時に……」

歌が終わった。校庭の汎用ヤンキーたちは、鬼の形相とはかけ離れたぼーっと惚《ほう》けた表情で屋上を見上げている。

屋上の花井《はない》ハルカは、彼らの表情を見て満足げに鼻を鳴らした。

うん、うん！　今日も私の魅力はバッチリ満点！

「喧嘩中《ラブコメ》にごめんね！　あなたのハートに落とし前！　天上天下愛を独占！　愛怒流《アイドル》声優、花井ハルカですっ！　黒淵《くろぶち》のみんなーっ！　転校して来ちゃった——っ！」

——うおおおおおおおおおおおおお！

その雄叫《おたけ》びは喧嘩《けんか》開始の鬨《とき》の声《こえ》を上回る熱量だった。

「転校、だと⁉」

ザクラは驚愕《きょうがく》に目を見開いた。

「ハハハ、戦力が増えるじゃないか！」

「シマトリー開始してるんだぞ！　どこの馬の骨だ、あの女は！」

「《邪気威《ヤンキー》》を感じないし、本当にただの愛怒流《アイドル》なんだろうね」

「花井ハルカ、歌いま——すっ！」

横に立っていたライダーが新たなスピーカーを頭上に掲げた。

アップテンポなイントロが校庭に降り注ぐ。

ゲリラライブが開幕した瞬間だった。

「おい、歌が始まったぞ！　さっさとお前のカリスマでヤンキーたちを奪い返せ！」

「もちろん、やろうと思えばできる。でも、面白いからもうちょっと見ないか？」

「これのどこが面白いんだ！　あいつのやってることは、ただのカチコミだぞ！」

「まあ、いいじゃないか。それにヤンキーたちを奪い返すってことは、そっちの汎用ヤンキーたちもまとめて愚民にするってことだけど、いいのかな？」

「うちのヤンキーにお前の愚民になるような雑魚はいない！」

「試してみるのも一興だけどね。まあ、本音を言うと、僕はあの女のカリスマがどれほどのものか気になる。案外、良いヤンキーになれるかもしれない。一応、黒淵の生徒だし」

「……クソがッ。まあ、所詮は女一人か。静観してやる」

戦場が天使のゲリラライブに占拠され、ヤンキーたちは心穏やかだった。

その中に一人だけ心臓を破裂させてしまいそうになっている者がいる。

安室《あむろ》レンジ。またの名を《純白の悪魔》という。

「レンジ!?　大丈夫か!?」

レンジは西日がカチ込む教室で机をぶっ飛ばして倒れ込んでいた。

模擬喧嘩をアオイと二人で高みの見物にするつもりだったのだが、突如として現れた我らが天使によって卒倒してしまったのである。

「ハルカさん……まさか……これは、白昼夢、なのか……？」

「純白のな。……じゃなくて！　どうしたんだよ、レンジ！　あの女のせいか!?」

「まさか……現役の大人気声優が……俺と同じ高校に転校してくるなんて……がくっ」

「レンジ!? 花井《はない》ハルカめ、ぶっ倒してやる!」

「アオイさん、それはダメだ!」

レンジは飛び起きた。

「ほら、こんなに元気だから!」

「おお、よかった。びっくりしたぞ」

「ごめん。でも、びっくりしたのはこっちだよ……。聴いてくれ、この美声を」

夕空ゲリラライブはアップテンポな曲がドライブしている。

アオイは窓の外に視線をやりながら縦振りをかました。

「いいね! 声優なんだよな。最強に強い極まった声をしてる」

「そうなんだよ! 他にも良い曲がいっぱいあるし、アニメも色々あってさ! よかったら今度一緒にアニメ見ようよ。花井ハルカがヒロイン役のアニメでおすすめが腐るほどあるんだ!」

「うん、今度な!」

夕暮れを背景にしたアオイの爽やかな笑みだった。

曲が終わると、惚《ほう》けた汎用ヤンキーたちの表情はますます蕩《とろ》け、鬼の形相を真似《まね》た面影は欠片《かけら》も残っていなかった。

屋上でハルカはほくそ笑む。

「実はね……私、この前、誘拐されそうになったんだぁ。ちょっと調べてみたら、誘拐グループはデスエコっていう強盗団なんだって。アジトが猫丘区《ねこおか》にあるみたいでね。怖いよねぇ～。私、強盗団なんて、なくなっちゃえばいいと思うなぁ」

遠回しに自分の願望を伝える典型的な愛怒流流交渉術《アイドル》の一つである。

ライブ会場からは「そうだ、そうだ！」と声が上がり、見事に交渉術は成果を見せた。

「わかってくれる!?　嬉《うれ》しいなぁ。じゃあ、今から私とカチコミデート、キメてくれる!?」

――うおおおおおおおおおおおおお！

「ありがとう！　みんなで落とし前つけようね！　みんな、大好きーっ！」

――うおおおおおおおおおおおお！

校庭の端で、ザクラの頬《ほお》は引《ひ》き攣《つ》っていた。

そこに呆《あき》れ切った顔のハジメが合流したところだ。

「おい。なに静観してんだよ」

ハジメのもっともすぎる疑問にカズマはくっくと笑いを押し殺した。

「いいじゃないか。黒淵《くろぶち》、楽しくなってきたね」

ザクラは頭を抱える。

「ハジメ、圧黄《あつき》の元筆頭ヤンキーとしてアドバイスをくれ」

「知るかボケ」

「クソがッ」

「カズマ、てめぇのとこの愚民どもは奪われたみてぇだぞ。構わねぇのか」

「アッハッハ！　面白そうじゃないか。歴史に名を残す賢王とは概して寛大なものだ。いいだろう、僕の愚民たちを貸してやる。それに、デスエコは目障りだったからね」

「ハッ、余裕だな。俺もせいぜい楽しませてもらうぜ」

カズマとハジメは意気揚々とデスエコ討伐軍の最後列に加わった。

単車の後ろに乗ったハルカが屋上から単車アクションで落ちてくる。着地した単車はそのまま汎用ヤンキーたちの群れの前に移動し、親衛隊を先導し始めた。

「それじゃ、案内するから死ぬ気でついてきてねーっ！」

耳障りなエンジン音を吹かし上げて単車は校庭を爆走していった。

ザクラはため息を吐《つ》いた。筆頭ヤンキーとしての悩みの種が、通りすがりの暴走天使によって生み出されたのだった。

○

広大な緑織《みどりおり》エリアの多くは鮮やかな緑に蝕《むしば》まれている。

かつては今以上に農地は広かったのだが、老ヤンキーの更なる高齢化によって足を洗った農家も増え、今では自然に還《かえ》ったエリアも少なくない。点在する廃倉庫が農業による栄華の面影を残すのみだ。

廃化した建物はヤンキーの巣窟にされがちである。

緑織の廃倉庫も例に漏れず、元ヤン強盗団デスエコのメンバーが真っ当に学生としてヤンキーをやっていた頃からのたまり場になっていた。

仰々しいフェンスで封鎖された門の前には、寝そべって居眠り中のメンバーが一人。

一応、彼は見張り役ということになっている。しかし、見張りは苦手分野である。じっと敵を待つよりも船を漕《こ》いで大海原に乗り出していく方が得意なタイプだ。

辺りは日が落ちかけていて、眠るにはちょうどいい暗さだった。

彼は夢の中でクジラと戦っていたが、突然の地鳴りによって現実に引き戻されてしまう。

「……んあ?」

ぼんやりとした視界をこする。寝ぼけ眼に映ったのは、人の群れだった。

いや、そんなはずはない。

彼はすぐに思い直して再び拳で目元をこすり潰す。

「…………は?」

眼前を占拠した光景に比べれば、まだ嵐の中でクジラと戦っている方がマシだった。

ヤンキーが群れを成して侵攻してきていたのだ。

群れを先導するのは爛々《らんらん》と目を押っ広げた笑顔をぶちまける短束二刀流《ツーサイドアップ》の女。地面の高さからゆるやかに見上げた女の容姿は、顔が小さく無駄にスタイルが良く、怒りを湛《たた》えた歩みとマジカルスマイルによって人形かサイボーグのようにすら見えた。およそ感情というものを一元的に顔に張り付けた精巧な殺戮《さつりく》人形。女が心の底で何を考えているのか、見張りの彼には手に取るように分かった。

……ぶっ殺される。

女が立ち止まり、汎用ヤンキーの群れも止まった。びしっ、と中指でアジトを指差す。

「親衛隊、カチコミだ――――っ！」

――うおおおおおおおおおおお！

見張りの男の眠気は完全に吹き飛んだ。慌てて無線機を口に当てる。

「やばいやばいやばいやばい！　カチコミだ！　今すぐ逃げろ！　敵は――――がはッ」

汎用ヤンキーが見張りを踏み潰した。

群体と化したヤンキーたちは数の力でフェンスを踏み倒して廃倉庫の敷地に侵攻していく。地鳴りが起こり、砂埃《すなぼこり》が巻き上がり、廃倉庫の骨組みはミシミシと悲鳴を上げていた。年季の入った大扉を汎用ヤンキーたちは肩でぶち破り、あっという間にアジトの中に入り込んでしまう。

「な、なんだ⁉」

中にはデスエコのメンバーが覆面もせずに暢気《のんき》に溜《た》まっていた。

汎用ヤンキーたちが道を空けると、その間を天使を装った女が歩いて行く。呆気《あっけ》に取られるデスエコの面々の前に堂々と歩み出た彼女は、アジトを見渡し、満足げに声を上げた。

「あなたのハートに落とし前！　天上天下愛を独占！　愛怒流《アイドル》声優、花井《はない》ハルカですっ！

デスエコのみんなーっ！　ぶっ潰しに来たよーっ！」

　天使の美声と共にハルカは親指を地獄に向けて落とした。

「なめてんじゃねぇぞ、クソアマ！　ぶっ殺せ！」

「親衛隊、やっちゃって！」

――うおおおおおおおおおおお！

　親衛隊は高らかに鳴き声を上げた。


　一方でアジトの外にいたのは、レンジ、アオイ、カズマ、ザクラ、ハジメの五人である。

　廃倉庫に入るまでもなく、元ヤン程度なら汎用ヤンキーだけで十分だろうという判断だったが、その判断は別の意味で役に立った。

「裏口から大量に逃げてる」

　レンジはすかさず口にした。

「ああ、分かってる。潰しにいくぞ」

　ザクラが応じると、それを見たハジメが鼻で笑った。

「乗り気じゃねぇか」

「来たからには全力で乗っかるまでだ」

　五人が廃倉庫の裏に回ると、束になって逃げ惑う元ヤンたちの後ろ姿が見えた。

「数が多いな。虫みてぇに湧きやがって」

ハジメが皮肉をこぼす。

「僕に任せるといい。やつらを愚民にしてやろう」

カズマは投棄されて積み上げられていた鉄骨に飛び乗り、逃げる元ヤン達を見下ろした。

「集団幻想――カリスマ・オーラ・シフト！」

雷鳴が轟《とどろ》いた。

直後、デスエコのメンバーたちは電池が切れたように足を止め、無様に転がった。

「うへぇ、これが《天下逆上《てんかぎゃくじょう》》の《雷鳴指揮官》か……」

アオイはカリスマ・オーラ・シフトを目の当たりにして額に汗を浮かべる。少しでも気を抜けば、そのカリスマに影響を受けてしまいそうな感覚があった。それでも一切の影響なしに動けるのは、さすがのS級ヤンキーといったところだろう。

転がっていた元ヤンに歩み寄り、胸ぐらを掴《つか》んで聞き込みを開始する。

「リーダー……じゃなくて、団長？　とにかく、つえーやつはどこに逃げたんだ？」

「誰が言うかよ、クソアマ……この……ぐふぉあッ」

カズマが元ヤンの頬《ほお》を足蹴にした。その拍子にアオイの手がパッと離れる。

「愚民のくせに頭が高いな」

「団長と……副団長は……第二廃倉庫にいます……鍵付きの……」

「第二廃倉庫か。何に対しての第二なのか分からないけど、たぶんあそこだね」

カズマにとってはホームの地だ。ある程度の見当はついている。

カズマの蹴りによって元ヤンが転がり散らかした。

「場所、分かるのか？」

レンジが聞くと、カズマは微笑した。

「ついてくるといい。それより……お前、名前は？」

「俺の名前は安室《あむろ》レンジ」

「へぇ。安室レンジ、ね。覚えておこう」

「ただの陰キャオタクだけど」

「だとしたら、どうして裏口から元ヤンが逃げたと分かった？」

「勘」

「ふっ、面白いヤツだな」

一行はカズマの先導で田舎道を突っ走った。

木々が生い茂り、辺りはほとんど森と変わらない様相を呈している。山間《やまあい》に入るような雰囲気の中を走るうちに、日はすっかりと落ちてしまった。

かろうじて残るわずかな街路灯を頼りにして進むと、第二廃倉庫らしき場所に辿《たど》り着《つ》く。

辺りには鉄骨や打ち捨てられた農機具が散らばっている。

廃倉庫の中に《邪気威《ヤンキー》》の気配はご丁寧に二つあった。

「俺がやるよ」

レンジが一歩前に出る。

「レンジ？　珍しいな。レンジがわざわざ名乗りを上げるなんて」

意外そうにするアオイだったが、レンジにとっては譲れないものがあるのだ。

「ハルカちゃんを誘拐しようとしたやつらだからね」

「……もしかして、洗脳されてないよな？」

「大丈夫。ただの推し活だから」

「推し活？　レンジがいいならいい……のかな」

「というわけで、喧嘩《けんか》してくる。異論はある？」

「別に構わねぇが」

「お手並み拝見といこう」

「まあ、いいだろう」

ハジメ、カズマ、ザクラが各々リアクションを取る。

「すぐ終わるから待っててていいよ」

言うなりレンジは廃倉庫に駆け寄った。鍵をへし折って中に入る。

「なんだお前は――――うぎゃあっ！」

「ぐはあぁっ！」

廃倉庫の中から野太い悲鳴が二つと、シンプルな打撃音が二つ。

直後、レンジは元ヤン二人の襟元を引きずって出てきた。

呆気《あっけ》ない幕引きである。

「さすが、レンジ！」

アオイが駆け寄っていった。

「……ザクラ、彼のランクは？」

さすがのカズマも呆気に取られていた。

「Ｄ級だ」

「Ｄ級？　何かの間違いじゃないのか。Ｄ級だったら、さっきのカリスマ・オーラ・シフトで愚民になっているはずだけど」

「言っただろ。こいつが、例のオタクだ」

「あぁ……彼が」

目を細めるカズマ。

そこにハジメが補足する。

「あいつはバケモノだ。ただのオタクだと思わねぇほうがいい」

「そうだろうね。実際に喧嘩を見てみたかったが……仕方ないか」

「そこの元ヤン二人はせいぜいＣ級の雑魚だろ。どうせ見る価値もねぇ」

「相応の相手が必要……ってことか」

「……まさか、てめぇ、やるつもりか？」

「いいや。面白そうだけど、僕は《天下逆上《てんかぎやくじよう》》にしか興味はない。あんなやつと喧嘩したところで、何の得にもならないだろう」

二人の会話をザクラは鼻で笑った。

「馬鹿言うな。あれはうちのヤンキーだぞ。いずれカチ合うことになる」

「その時が来たら……本気で楽しむことにしよう」

「レンジ、ロープがあった！」

アオイは廃倉庫の中で元ヤンをふん縛れるものを探していたらしい。

ロープを手にして廃倉庫から出てくる。レンジとアオイは、衛生的に危うそうなロープでデスエコの団長と副団長の二人を雑に巻いていった。

「これで、よし」

「戻ろうか、アオイさん」

「ご苦労だったね、そこの二人」

レンジとアオイにカズマが歩みよった。

「ここは緑織《みどりおり》エリアだ。よかったら、宴《うたげ》に参加していかないか？」

「宴？」

レンジがきょとんとした顔で反応する。

「ああ。両校で協力して強盗団を壊滅させたんだ。祝いの席を用意しよう。この地の王としてそれくらいはさせてくれ」

「何するんだ？」

「緑織で採れた新鮮な野菜や肉がある。ＢＢＱなんてどうだい？」

「ＢＢＱ！　参加しよう、レンジ！」

アオイの目が輝いた。

「そうだね。たまにはＢＢＱもいいかな」

「歓迎するよ。というわけで、《天下逆上》《てんかぎやくじよう》のお二人は如何《いかが》かな？」

「先に外堀埋めやがって。うちの元四天王も呼ばせてもらうぜ」

「いいだろう。人は多い方がいい」

「こうなると、筆頭ヤンキーの俺だけ参加しないわけにはいかないいな。中途半端なもん出してきた時は覚悟しろ」

「よし、決まりだ！　さあ、案内しよう！」

緑織の地から見る夜空は、うるさいくらいに星空だ。

カチコミをキメた月は爛々《らんらん》と輝き、薄暗い天下を照らしている。

黒淵《くろぶち》と緑織の合同集会にはぴったりの夜だった。

○

第二廃倉庫があるのだからアジトの方は第一ということになるだろう。

アジトの前にはロープで簀巻《すま》きにされたデスエコメンバーズがゴム毬《まり》と化して転がっていた。彼らは警察待ちである。区外に出動を要請したので、警察が来るまでにはまだしばらく時間があるはずだ。

その間、黒淵《くろぶち》と緑織《みどりおり》の面々は宴《うたげ》に興じていた。

元々倉庫だけあって何百人というヤンキーの収容が可能な広さである。

緑織のプレハブ小屋にあった無数のBBQ用機材を持ち寄り、倉庫の内外に設置して肉や野菜を火あぶりにかけていた。

「おい、この野菜マジでうめぇぞ！」

倉庫内で驚愕《きょうがく》の声を上げたのはバンダナだ。

猫丘《ねこおか》区に流通する野菜のほとんどは緑織産ではあるものの、流通の時点で鮮度をまったく保てていない。普通のヤンキーは新鮮な野菜を食べることができないので、黒淵のヤンキーが感動の声を上げるのも当然である。

「肉もうんまあ～。ヤンキーやってて良かったたっしょ～」

「……！」

ネギ頭と地味男は肉を食い散らかしていた。

黒淵の三バカの隣では元圧黄《あつき》の四天王とハジメが網を囲っている。

「野菜と肉を焼くだけで料理になるのか……」

フウは目を丸くしながら野菜をかじっていた。その様子をハジメが鼻で笑う。

「BBQも知らねぇのか」

「ハジメほど良い生活してきてねぇんだよ」

「うっすいカレーばっかりだもんな」

「うるせぇ。カレー好きだろ」

「嫌いとは言ってねぇよ」

ハジメは育成中だった肉に箸を伸ばした。しかしその肉は横からかっさらわれてしまう。

「もらいぃ」

勝ち誇った笑みを浮かべるキンだった。

「てめぇ、ぶっ殺されてぇか！」

「いいじゃねぇかよ。いくらでもあんだから貰《もら》ってこようぜ」

「良い度胸だ。表出ろや」

「俺たちに人並みの生活をさせてくれるって話はどうなったんだ！」

「なしだ！」

「なしだと⁉　感動を返せや！」

ハジメとキンの取っ組み合いが始まった。

その隙に新たな刺客が現れた。気配を消して忍び寄り、網の上に載った野菜と肉をまとめてかっさらっていく。オンギョウだった。ボロ服の裾に火が付いたのを軽く払い、何事もなかったかのようにとんずらをかます。

「よっし、よっし……ごちそうさーんっと……おお、うっめぇ」

「キン！　てめぇ、カレーの時いつも自分の分だけ肉多めに盛ってんの知ってんだぞ！」

「弱肉強食なんだよ！　文句があんなら勝ち取れ！　それがヤンキーってやつだろ！」

「メシにヤンキーを持ち込むんじゃねぇ！」

幼馴染《おさななじみ》同士のやり取りを壁際で見ていたのが元四天王の一人、桜川《さくらがわ》スイだ。宴《うたげ》の雰囲気に馴染めず、箸も皿も手にしていない。

その横にいるアオイは両手にいくつも皿を抱えていた。もちろん皿には肉も野菜も大量に載っていて器用なものだった。

「あいつら、仲良さそうだよな〜。スイは行かなくていいのか？」

「あ？　私なんていても邪魔なだけだろ」

「別にそんなことないと思うけどな。肉とか野菜とか、結構うまいぞ」

「あとで食うから気にすんな」

「プリンじゃなきゃダメとか？」

「うるせぇ。私をなんだと思ってんだ」

「じゃあ、肉と野菜だったらどっちが好きなんだ？」

「手とか口の周りが汚れないもの」

「オシャレかよ！　仕方ないなぁ」

アオイはタレまみれの肉野菜をブッ刺したバーベキュー串をスイの眼前に突き出した。

「食え！　うまいぞ！」

「いや、いらねぇって。だいたい、話聞いてたのか。うまくても口の周り絶対汚れるだろ」

「あとで拭けばいいんだよ！」

「そういう問題じゃ――――んん～ッ!?」

束になったバーベキュー串がスイの半開きの口にカチ込んだ。口の周りはタレでべったりと汚れ、オシャレとは縁遠い様相を呈する。

「うまいだろ？」

怒ろうとしていたスイの気勢は削《そ》がれた。口の中に広がる味は悪くなかったのだ。

「……うまい」


廃倉庫の外で汎用ヤンキーたちの歓声が上がった。

今日の主役と言っていい人物の周りにほとんどのヤンキーが集まっている。

花井《はない》ハルカ。黒淵《くろぶち》に転校してきたばかりの愛怒流声優《アイドル》である。

彼女が有する能力は、カズマのカリスマにも通じるものがあった。問題は自覚があるのかないのか。カズマはＢＢＱという体で探りを入れようとしていた。

「どうだい？　楽しんでいるかな？」

「ん～？　まあ、そこそこかなぁ～」

「花井ハルカ、だったか。お前は今日の主役だからね」

「ていうか、だれぇ？」

「ああ。僕は緑織《みどりおり》農業の筆頭ヤンキー、威風《いふう》カズマだ」

「へぇ～、意外だよぉ。君みたいなヤンキーもいるんだ」

「見たところ、お前にはヤンキーの素質がある。黒淵《くろぶち》なんかやめて、うちに来るといい。自然が多いし、空気もきれいだ」

「ごめん、私、虫無理だから」

ハルカはニッコリと愛想笑いを張り付けて去っていった。

「ふむ……虫は無理だったか……」

「フラれてるじゃねぇか」

ザクラがフラれたばかりの憐《あわ》れな男のもとに寄ってきた。

「いいさ。宴《うたげ》の参加者としては、彼女はどうせおまけだったしね」

「何のおまけだよ」

「もちろん、彼女以外の、だ。僕は別に彼女と話したいわけではなかったからね。こういう騒々しさも悪くない。《天下逆上《てんかぎやくじよう》》としてつるんでいた頃を思い出すよ」

「………」

ザクラは何も答えなかった。

遅れて連絡を受けたコウが宴の場にカチ込むと、月下を歩く我らが天使の姿を目にして卒倒しそうになった。

なんで、こんなところに、ハルカちゃんが……？

「えっ、コウ？」

聞き覚えのあるダークネスファミリアの声だ。名は安室《あむろ》レンジ。ダークネスファミリアのくせにヤンキーの強さを持つ謎の男だった。

「なんで、お前までここにいるんだよ」

「コウこそ。もしかして、緑織《みどりおり》のヤンキーだったのか？」

「あ、あぁ。そういうお前は黒淵《くろぶち》か？」

「一応、ね」

「ただのダークネスファミリアじゃねぇとは思ったが……って、今はそんなことどうだっていい！　ハルカちゃんがいたぞ！　どういうことだ⁉」

「実は……黒淵に転校してきたみたいで」

「ほわ⁉　ななな何言ってんだ！　おま、お、お前、エイプリルフールは三月だぞ」

「いや四月だよ。動揺しすぎ」

「だとしてもどういう状況なんだよ！」

「ハルカさんが汎用ヤンキーたちを連れてデスエコをぶっ潰しちゃってね……」

「あぁ、仕返しか。転校はヤンキーを親衛隊にするためってことか……あの人らしい」

「え？　どこが？」

「お前ってやつは分かってねぇなぁ。ダークネスファミリア・レンジ・安室」

「いやいや、コウの方がおかしいって。本人に聞いてみよう」

「……いや、それはやめておこう」

「なんでだよ」

「話しかけるんだぞ？　俺の推しに迷惑をかけずにいられる自信がねぇ。ハルカちゃんが俺と話したいならともかく、俺から押しかけるのはやめておいた方がいい」

「別に迷惑じゃないと思うけどな。わざわざ猫丘《ねこおか》区に来たわけだし」

「普通に嫌だろ。俺みたいなうるさいやつが声かけたら。プライベートだぞ」

「あ、やっぱり自信がないんだろ」

「そんなことはねぇ！　推しの幸せ優先だからに決まってるだろ！　その幸せの中に俺なんかが存在していいわけがねぇんだよ。邪魔だろ！」

「ふーん、まぁ、いっか。コウも色々考えてるんだな。肉でも食う？」

「ああ、食おうぜ、ダークネスファミリア・レンジ・安室！」

オタクが二人、宴《うたげ》の隅で肉を火あぶりにするのだった。


ハルカは汎用ヤンキーたちの視線から逃げるように倉庫内へカチ込んでいた。

ヤンキーでもない彼女にとっては喧嘩《けんか》の後でさすがに疲労が溜《た》まっていた。それでも音を上げず弱った姿を見せないのは愛怒流《アイドル》声優としてのプライドと、日々体力維持のためにトレーニングしているおかげだろう。

でも、本音を言うと……帰りたい。

そろそろお開きにならないかなぁ。私のためのパーティーみたいだけど、さすがにもう十分楽しんじゃったかな。私の魅力がヤンキーに通じるのも分かったし、強盗団潰せたから私としては満足だし。

「あ、ハルカ！」

なぜか呼び捨てにされた。

金髪のヤンキーが壁際から手を振っている。いったい彼女が何者なのか分からない。

彼女の声は声優もびっくりなほど声量があり、聞こえませんでしたとか都合のいいことを言えるほど弱々しいものではなかった。無視するわけにもいかず、ハルカは愛想笑いの仮面を被《かぶ》って近づいていく。

「なぁに？」

「今日はすごかったな！　汎用ヤンキーをあんなに引き連れてさ！」

「私なんか全然だよぉ」

そういえば、この女ヤンキーは親衛隊に加わっていなかったような……。つまり、私の魅力が通じていない相手ってこと？

「喧嘩《けんか》してるところは見れなかったけどさ、そりゃもう圧倒してたって聞いたぜ」

「そうだね～。私の親衛隊が頑張ってくれたから」

見れなかったってことは、やっぱり親衛隊じゃないんだよね。ちょっと警戒。

「あ、自己紹介してなかったよな。鬼津《おにつ》アオイ、黒淵《くろぶち》の金髪ヤンキーだ。よろしくな」

「うん、花井《はない》ハルカだよ。よろしく」

「ハルカはなんで黒淵に転校してきたんだ？」

猫丘《ねこおか》区のヤンキーを利用して最強の親衛隊を作り上げるため……なんて、本音を言うわけにはいかない。正直、高校の名前なんてどうでもよかったのだが、マネージャーに調べさせたら安室《あむろ》レンジが黒淵に通っていると判明したから黒淵にしただけだ。ガチガチのヤンキーよりはオタクみたいなやつの方が親衛隊になってくれそうな気がする。

まあ……安室レンジみたいなオタクがいっぱいいる高校なのかと思っていたのに、全然そんなことはなかったんだけど……。

「社会勉強かなぁ」

ハルカは適当なことを言った。

「社会勉強かぁ！　色々考えてんだな。さすが、プロは考えることがちげぇよ」

本気で言っているのか、皮肉で言っているのか……。

「そうだ、今度、私のお気に入りの猫カフェに連れて行ってやるよ！」

「え、猫カフェ？」

「最近、ＶＩＰ会員になったんだ！　あ、スイも一緒に行くだろ？」

アオイはスイを振り返った。スイは肉の盛られた皿を手にもぐもぐやっている。口の周りはしっかり汚れていた。

ごくん、と呑《の》み込《こ》んでから答える。

「いや、行かねぇよ」

「まあまあ、そう言うなって。行けば楽しいんだから。ハルカも行くんだからさ」

「え、私、行くの？」

「猫、好きだろ？」

「好きだけど……」

「じゃあ、決まりな！」

決まってしまった……。こういうタイプって今まで会ったことなかったから……どう接すればいいのか分からない。魅力が通じてないみたいなのに、なぜか構ってくる……。いったい何を考えているのか分からなかった。

突然、パトカーのサイレンの音が聞こえてきた。

直後に吹かし上がる単車のエンジン音。タイヤの上げる悲鳴と共に廃倉庫にはメタリックなブラックカラーの単車がカチ込んだ。

キキキィィと耳をつんざくような音を摩擦と共に立てながら、ＢＢＱ機材を蹴散らして廃倉庫内で単車アクションをぶちかます。

「ハルカさん！　乗ってください！」

過保護なマネージャーだった。

マジカルピンクなメットの剛速球がストレートにぶん投げられ、ハルカの両手に収まる。

「え〜、またぁ？」

「かっけぇ——!!」

アオイは目を輝かせた。

「私たちはサツに話すことなんてないんです！　とんずらかましますよ！」

「わかったよぉ」

ハルカが単車の後ろに飛び乗ると、すかさず爆音をぶちかまして裏口に向かって廃倉庫内を爆走していく。単車は突風のように去っていった。

遅れて倉庫内に入ってきたのはレンジだ。

「あ、レンジ。何やってたんだ？」

「だべった後、警察を誘導してたんだけど……ハルカさんは？」

「ハルカなら、今帰っていったよ！　めちゃくちゃかっこよくてさぁ！」

「やっぱり今の単車……ハルカさんとマネージャーだったのか」

「明日からはハルカもうちの生徒だからな。楽しみだな〜。単車乗せてもらおーっと」

パトカーのサイレンが廃倉庫の前に着いた。

完全武装の警察がぞろぞろとパトカーから降りてくる。特にやましいことはないつもりのヤンキーたちだったが、警察を見ると何もなくてもビビり散らかしてしまう。

簀《す》巻《ま》きになったゴム毬《まり》が次々とパトカーに詰め込まれていった。

カズマとザクラは筆頭ヤンキー同士、月明かりとパトランプに照らされて向かい合っていた。そこにハジメが割り込んでいく。

「辛気くせぇ顔しやがって」

「そうかい？　宴《うたげ》は楽しんでもらえたかな」

「肉が足りないのを除けば、悪くねぇ宴だった」

「ザクラは？」

「たしかに悪くない打ち上げだった」

ハジメとザクラは口々に感想を口にした。

「良かった。模擬喧嘩《げんか》はお預けになったけど、次にカチ合う時は本気の喧嘩をしよう」

ふん、とザクラは口の端を持ち上げる。

「言われるまでもない。今日のデスエコ掃討戦を見れば、現状はさすがに緑織《みどりおり》の汎用ヤンキーが上らしい。だがな、俺たちも修行をして戦力の底上げを行う」

「じゃあ、こうしないか。一ヶ月後、次は緑織エリアで喧嘩をしよう」

「一ヶ月後か……いいだろう。受けて立つ」

ザクラは拳を突き出した。

「次は、本気で」

カズマも拳に拳を打ち付ける。

「俺も混ぜろ」

ハジメの拳が、合わさった二つの拳を下からぶち上げた。

その瞬間、両校のヤンキーたちは一斉に雄叫《おたけ》びを上げた。互いが互いに肩を組み、来たる喧嘩のために約束を拳に載せてぶつけ合う。

一ヶ月後。本気の喧嘩を。ここに誓いは立てられた。

今宵《こよい》、黒淵《くろぶち》と緑織の新たな友情が生まれたのだった。

○

デスエコのメンバーが軒並み区外の警察に引き渡された後の帰り道だった。

ザクラは一人で夜道を歩いている。

緑織の田舎道では、改造五○ccスクーターの音もない。遠くでカエルが鳴いているのが聞こえてくるくらいで、自分の足音と呼吸が聞こえるような静けさだった。

歩きながらスマホを覗《のぞ》き込《こ》む。画面には中学時代に撮った《天下逆上《てんかぎやくじょう》》の集合写真が表示されている。今はもう古い写真だ。

「お前、そんなキャラかよ」

いつの間にか後ろにハジメがついてきていた。煽《あお》るように言葉を続ける。

「《天下逆上》がまた集まれると思ってんのか」

ザクラはスマホの電源を落とした。

「……そう望むこともあったな」

「カズマのやつ、まだ期待してんぞ。分かってんだろ」

「ああ。カズマには悪いことをしたと思っている」

街路灯の下でザクラは立ち止まった。ハジメと向かい合う。

「期待すんなって言うべきだろうが……ザクラ、お前がそんなんじゃ言えるわけねぇか」

「俺はもう何も期待していない」

「写真見てたやつが言うことかよ」

「期待しないからこそ見れるものだ。だが、カズマは今でも本気で《天下逆上《てんかぎゃくじょう》》がまた集まれると思っている。そう信じて孤独な王を演じ続けているはずだ」

「孤独な王様を救ってやる気はねぇのか？」

「俺にはどうすることもできない」

「だろうな。揃《そろ》うわけにはいかねぇよな。そんなことをしちまったら、また東北のヤンキーに目を付けられちまうから」

ハジメの言葉にザクラは目を見開いた。

「お前……どこでそれを」

「チッ……ガチだったのかよ」

ハジメは苦虫を噛《か》みつぶした。

「クソがッ！　カマをかけたのか」

「少し前までバックには噂《うわさ》好きな連中が控えてたからな」

「調べさせたのか」

ハジメはその問いに答えない。

いつになく真剣な顔でザクラに向き合う。射貫《いぬ》くような眼差《まなざ》しを向け、ザクラの胸中を見透かすような熱い視線を注いだ。

「……なぁ、ザクラ。お前が黒淵《くろぶち》を選んだのは、姉貴がいるからでも俺たちと本気の喧嘩《けんか》をしたかったからでもなく――――」

その言葉を続けたら後に戻ることはできないだろう。それでもハジメは躊躇《ためら》わなかった。

かつての友のためにも言うべきだと判断したのだ。


「《天下逆上》を守るためだったんじゃねぇのか？」


ハジメの踏み込むような言葉にザクラは戸惑った。ハジメの決意に応えるような決心はできなかった。なぜなら、ザクラはとうの昔に別の決意を済ませてしまっているからだ。

あの日、自分が抱え込んだものを無駄にするわけにはいかない。

ザクラはハジメに背中を向けた。

「考えすぎだ」

「それがお前の答えか」

「お前たちと喧嘩をしたかったのは嘘《うそ》じゃない」

「そうか。だったら、今はそういうことにしといてやる」

「ハジメ、お前を信用して一つ頼みがある」

「頼みだと？」

改まるザクラの表情には影が落ちていた。

「お前を諜報役《ちょうほう》に任命したい」

「なんだそりゃ。スパイかよ」

「そんなもの求めるか。ただの情報集めだ。得意だろう、水面下で動くのは」

「ほう、そうか。お前もとうとう真っ向勝負だけが正々堂々じゃねぇって気づいたか」

ハジメは人を食い散らかした後のような顔をして嘲《あざわら》った。

「黒淵《くろぶち》は大所帯になったし、敵も強くなる。ヤンキーの道から外れない限りは、作戦として情報集めも使っていきたい。緑織《みどりおり》相手には不要だろうが、今後のことを考えるとな」

「まあ、いいぜ。筆頭ヤンキー様の頼みだ。諜報役だったか、やってやる……」

ふと、疑問に思う。シマトリーの情報を集めるくらいなら汎用ヤンキーを集めて人海戦術でしらみつぶす方が手っ取り早いはずだ。なぜ、ザクラはわざわざS級ヤンキーを使うことにした？　それだけの脅威が想定できる……そういうことか？　だが、たかが情報集めに一体どんな脅威があるというのか……考えるうちにハジメは一つの仮説に辿《たど》り着く。

「おい、ザクラ」

「なんだ」

「お前を脅したっていう東北のヤンキー……まさか、いるのか。まだ、この猫丘《ねこおか》区に」

「……さぁな」

「なるほどな……適任は俺しかいねぇな。雑魚には任せられねぇ」

「すまないが、任せたぞ、ハジメ。ただ、無理はしないでくれ。急がなくてもいい」

「ああ、動けるタイミングで動くことにする。だが、分かってんだろうな。黒淵がシマトリーを獲《と》れば、いずれ《天下逆上《てんかぎゃくじょう》》は集まることになるんだぞ」

ふっ、とザクラは笑った。

その通りだ。

《天下逆上》は、また集まることになる。

昨年はどの高校も成しえなかったシマトリー優勝という偉業を達成し、猫丘区のすべてのヤンキーを配下に置くことができれば、《天下逆上》は復活する。

その時は今度こそ逃げられないだろう。いや、逃げる必要などない。最強に強いヤンキーのチームとして復活した《天下逆上》に敵などいるはずがないのだから。

まだハジメは知らなくていい。背負うのは一人だけでいいのだ。

だからザクラは答えた。

「《天下逆上》は、終わったんだ」

「ふん。それならそれでいい。過去のことに執着する気はねぇ。ま、仕事はやってやるよ」

それはハジメなりの気づかいだろう。

夜道を並んで歩いて行く二人の後ろには、決して振り返ることのない道が続いている。

トピック お茶会のススメ

カチコミル kachikomiru

雷鳴指揮官
昨日の宴はなかなか悪くなかったという評判を受けている

雷鳴指揮官
たまにはヤンキーが集まって
情報交換をするのも良いものだね

雷鳴指揮官
というわけで、定期的にお茶会を開こうと思っている

愚民A
そのようなことは！

愚民B
下々の者たちが大挙してしまいます！

愚民C
指揮官ともあろうものが
無闇矢鱈にお茶会などなさいますな！

愚民D
おやめあそばせくださいませ！

雷鳴指揮官
……これだから愚民は。冗談の一つも分からないのか

愚民E
ですよね。冗談ですよね……安心しました

雷鳴指揮官
当たり前だろ？
この僕がヤンキーとお茶会なんてするわけがない

凶拳彗星
あ？ 冗談だったのか。一回くらい行ってやろうかと思ったが

先天性不良
釣りとはやってくれるな

絶望遊戯
えー、何かやるのかと思ったら冗談だったのかー

愚民F
あたりめぇだろうが！ 我らが王に付き纏うんじゃねぇ！

愚民G
てめぇらみたいな腐れヤンキーとは格がちげぇんだぞ！

雷鳴指揮官
アッハッハ！ もういい、解散だ、愚民共！

●第三章　練熟した修練を修める修行の行い

丑三鬼門會《うしみつきもんかい》。辰和田《たつわだ》事務所。

赤里襖《あかりぶすま》エリアに堂々と構えるヤクザの事務所の一つである。支配者として事務所に君臨する辰和田晋《しん》は、丑三鬼門會の中でも懲罰委員長として幹部連に名を連ねている。彼の配下には腕自慢が多く、他の幹部に比べると元ヤンとの関わりも多かった。その中には緑織《みどりおり》に拠点を置くデスエコの名前もある。

門扉は龍《りゅう》柄で派手に装飾されていた。その奥にはコンクリ素材の無骨で地味な建物が建つのみである。事務所の一室で辰和田は黒電話の受話器を取っていた。

「回りくどい。はっきり言え」

着崩したスーツで革の椅子に背を預けている。タバコに火をつけるかどうか迷っているところだ。話の内容によってはヤニなしでは聞けなくなる。

『……潰されたんですよ。デスエコが』

「だから、どこのどいつの仕業だって聞いてんだよ」

『ヤンキーを引き連れた女です！』

「ふざけるのも大概にしやがれ！」

辰和田は受話器をその場に叩《たた》きつけた。

電話線は引きちぎれ、受話器は弾んでへし折れる。火をつけられないまま握りつぶされたタバコはくしゃくしゃになって机に落ちた。

「デスエコをぶっ潰されただと……？」

それも率いていたのは女？

いったい何の冗談だ……。デスエコが壊滅となれば話は変わってくる。シマトリーを潰すのに悠長な作戦会議なんてしてる場合じゃねぇ。

「どこのどいつだ……」

懐から拳銃《チャカ》を取り出し、苛立《いらだ》ちを隠せないまま銃口でゴッゴッと机を叩《たた》く。

廊下をドタバタと走る音が聞こえた。

チッ、と辰和田《たつわだ》は舌打ちをして手の中で拳銃《チャカ》を回転させる。

部屋のドアが開け放たれた。

「親分――――」

銃声が、子分の言葉を遮った。

部屋に飛び込んできた子分は腰を抜かしてその場に尻もちをつく。その拍子に手に持っていた書類の束が舞い上がり、広範囲に広がって床に散らばった。ドアの横に煙を上げる銃痕が刻まれ、部屋には硝煙の臭いが漂う。

「廊下は走るな。ガキでも分かるだろうが」

「す、すんません……」

「何があった」

「デスエコが潰されたので、現状分かってる情報だけでもまとめて報告書にと……」

辰和田は床に散らばる紙に視線を落とした。

「ふん、でかした」

執務机を回り込み、両手を衣嚢《ポケット》に突っ込んで落ちている紙を靴の先で漁《あさ》る。

「どうやら黒淵《くろぶち》と緑織《みどりおり》のヤンキーが共謀していたようです」

「あ？　デスエコは緑織の元ヤンだろ」

「詳しくはまだ分かってないのですが……」

「女がいたはずだ」

「女、ですか？」

「調査しろ。ヤンキーを引き連れていた女がいる」

「わ、分かりました」

辰和田はしゃがんで散らばった紙をあらためる。

どういう理由でデスエコを潰したのか知らねぇが……ヤンキーのガキ共がヤンキー以外にも手を出すとなると黙っているわけにはいかない。元ヤンを潰して次はヤクザとなる可能性だって大いにありうる。

そもそもシマトリーとは何だ？

《純白の悪魔》とかいうやつはヤンキーにとっての伝説だったたか。そんな絶対的な存在が生まれたら猫丘《ねこおか》区のヤンキーは団結しちまうだろう。この調子だと、間違いなく丑三《うしみつ》鬼門《きもん》會《かい》にとっての脅威だ。そうなる前に俺が潰す。

紙を漁《あさ》っていた辰和田《たつわだ》の目に一枚の写真が飛び込んだ。

「こいつは？」

「緑織《みどりおり》の筆頭ヤンキーで、名前は威風《いふう》カズマです」

「威風カズマ……」

写真に写る男は、農業とは縁のなさそうな格好をしていた。汚れ一つない改造制服に紫外線を避けてきたような色白の肌。ヤンキーと聞いてもしっくりこない。

だが、だからこそ引っかかるものがあった。

「こいつの、この雰囲気……どっかで……」

「威風カズマは《天下逆上《てんかぎやくじよう》》の一員でもあった有名なヤンキーです。《雷鳴指揮官》の異名を持っていて、汎用ヤンキーを扱うのが上手《うま》いヤンキーですね」

「知らねぇな」

「《天下逆上》は覇乱《はらん》ガウスが所属していたチームですよ」

「あぁ、ヤツの仲間か。バケモノの可能性もあるな。ついでに威風カズマも調査しておけ」

「分かりました」

鬼が出るか蛇が出るか。

鬼だとすれば、うちの仕事だ。

○

黒淵《くろぶち》大修行大会に新たな目標ができた。

一ヶ月後、緑織の地で両校相まみえて本気の喧嘩《けんか》をする。

カズマ側があえて一ヶ月後と言ったのには理由があるはずだ。現状の総合戦力は緑織の方が優勢。しかし、一ヶ月もあればまともな喧嘩ができるほどには成長すると判断したのだろう。黒淵にとっては願ってもない申し出だった。花井《はない》ハルカ率いる進撃によって、ある程度の友好関係が両校には生まれたらしい。

一夜明け、黒淵の無駄に広い校庭の一画に巨大な岩が突き刺さっている。

試し岩。

今回の修行のためにボクシングジム《悪鬼闘千《あっきとうせん》》から取り寄せたものだった。

乾いた音が校庭に響いた。

岩の前には拳を突き出したアオイと、その両脇にレンジとスイが立っている。

「いったァ……」

拳を打ち付けたアオイは、赤くなってしまった手を押さえて蹲《うずくま》った。肝心の岩の方には傷一つ付いていない。

「そうなるだろ、普通」

スイが呆《あき》れたように感想を漏らす。対してレンジは冷静に分析していた。

「拳を《邪気威《ヤンキー》》で覆えていないのかな。痛いってことはそうだと思う。なんかほら、アドレナリンが出ると痛覚が遮断されるって聞くし」

「くぅ……《邪気威《ヤンキー》》はアドレナリンか……」

「分かんないけど、喧嘩《けんか》中って別にどこも痛まないしさ。岩殴ってこっちが痛くなるなんて、普通はありえないし」

「そうだよな」

アオイは納得した。

「いや、納得すんじゃねーよ」

スイがすかさずツッコミを入れた。

「私に足りないのは《邪気威《ヤンキー》》の扱い方だろ？　スイはどう見るんだ？」

「岩を割るとかヒビ入れるとか、常人にはそんなことできねーんだよ」

「常人じゃないし。S級ヤンキーだし」

「S級だったら最低でもヒビくらいは入れたいね」

レンジが付け加えた。

「その常識を呑《の》み込《こ》むとして……やっぱり、一発が軽いんじゃねーの。ていうか、安室《あむろ》レンジ、お前が殴ればヒビ入るのかよ」

「レンジが殴ったらこんな岩、粉々になるぞ！」

「んなわけねーだろ」

前に《悪鬼闘千《あっきとうせん》》の試し岩を粉々にした……なんて、言っても信じないだろうな。

「いやー……あはは」

「……まさか、粉々になるのか？」

「まあ、そうだね、うん。ちょっと粗めに」

「常識で物を考える私が馬鹿だった……」

「この際だから、スイも修行しようぜ。仲間は少しでもつえー方がいいからな！」

アオイはのしかかるような勢いでスイの肩に腕を回した。

「修行って……」

一般人がどう修行したらS級になれんだよ……。一応、これでもA級だってのに。

スイは内心でひとりごちた。

「そういえば、アオイさんには師匠がいたんだよね？　トキコさん、だっけ」

レンジが聞くと、アオイは嬉《うれ》しそうに答える。

《愛《いと》しき業火《ごうか》》赤城《あかぎ》トキコ。私の師匠で、ザクラの姉だぞ」

「その人もS級なんだっけ」

「もちろんだ！　一発の威力だってザクラより強かったくらいだな」

「ふむ……じゃあ、その人がやっていた修行を真似《まね》してみるとか？」

「あ。そもそも、トキコさんに組んでもらった修行メニューがあった」

「おお、それでいこう」

「トキコさんみたいな重い一撃を打ち出すためには、単純に肉体を鍛えるだけでもだめだし、もっと上手《うま》く《邪気威《ヤンキー》》を扱えるようにならないと……って言われた気がする」

「ちょっと俺にはどんな修行をすればいいのか想像もつかないけど」

そもそも修行なんてしてこなかったし。

「喧嘩《けんか》スタイルの問題でもあるって言われたな。動きが速すぎるから《邪気威《ヤンキー》》のコントロールが追いつかないんだ」

「なるほど。速さを求めると、《邪気威《ヤンキー》》の扱いが犠牲になるのか」

「かといって《邪気威《ヤンキー》》を上手く扱おうと集中しすぎたら速さが犠牲になるだろ？」

「うまいことバランスを取らなきゃいけないかもね」

「速さを殺さずに扱う鍛錬が必要だな」

「それがいい。応援してるよ」

「サンキュー、レンジ」

二人はヤンキーにありがちな叩《たた》きつけるような握手でがしっと手を握り合った。

「……付き合ってらんねーな」

スイは呆《あき》れたように背を向ける。

脳裏には、圧黄《あつき》のアジトでキンがぶっ飛ばされた時の光景がちらついていた。

《邪気威《ヤンキー》》の扱い方……A級程度の自分には全然理解できない話だが、もしも常識を超えたこの話についていけるようになれば……自分もいつか見えなかった喧嘩を見えるようになるのだろうか。来たるときのためにも基礎鍛錬くらいはしておくか。

……周りに人がいないところで。

校庭に散らばって各々鍛錬する汎用ヤンキーたちの群れの間を通り抜け、スイは自分だけの場所を探しに行くのだった。

○

それから一週間が経過した。シマトリーは無風と言っていい状態だった。

あまりに静かなこの状況はカチコミルでも話題になり、ネタのないヤンキー界隈《かいわい》を盛り上げんとするゴシップ好きなヤンキーたちによって噂《うわさ》が自動生成されていった。

もっぱらカチコミルでの最近のトレンドは、黒淵《くろぶち》大修行大会だ。

曰《いわ》く、黒淵と緑織《みどりおり》が喧嘩することになり、来たる日に向けて両校が修行を開始したという内容だ。黒淵は授業そっちのけで、かつてない規模で修行をしているという話である。

授業をサボって鍛錬に勤《いそ》しむ真面目さを鼻で笑う者たちがいる一方で、黒淵の修行を新たな脅威と捉えるヤンキーもいる。生み出された噂は、ゴシップヤンキーたちの目論見《もくろみ》通りヤンキー界隈をじわじわと盛り上げていた。

しかし、実情は黒淵にとって芳《かんば》しいものではない。

一週間が経過したものの、修行の成果がまるで現れていなかったのである。

その日は、天気を曇りにせんとイキる綿雲の群れが空にカチコミをキメる日だった。

黒淵《くろぶち》の校庭では汎用ヤンキーたちが思い思いに鍛錬をしている。ひたすら筋トレをする者、ヤンキー組み手、拳のぶつけ合い、日光浴、シンプルな喧嘩《けんか》、試行錯誤はしているもののいずれもまともな効果はなさそうだった。彼らの脇では、彼らを奮い立たせるための美声がバックグラウンドエンジェルミュージックとして流れている。

「がーんばれっ、がーんばれっ」

花井《はない》ハルカだ。

おかげでヤンキーたちはやる気に満ちているのだが、いかんせん何の成果も上がらない。

そんな光景をザクラとハジメが校庭の端で見守っていた。

「おい、どうすんだ」

ハジメがザクラに問う。具体的なことは聞かない。なぜなら、ハジメにもこの状況がどういうものでどう改善するべきなのか、まったく分かっていなかったからである。

「さすがにまずいな……S級の俺たちが、まともに指導することもできん。指導者が一人いるだけでかなり違うと思うんだが……」

「お前は無理なのか」

「できると思ってるのか？」

「無理だな」

ハジメは即答した。

「なら聞くな。ハジメこそできないのか」

「俺にまともな指導ができるんだったら、圧黄《あつき》の元四天王はとっくにＳ級になってる」

「それもそうだな……」

汎用ヤンキーたちがざわつきはじめた。

誰もが上空を見上げて慌てふためいている。

「なんだ？」

二人が視線を上空に向けると、そこには小型未確認飛行物体が飛来していた。

豆粒大のそいつが近づいてくるにつれてグラウンドは騒然となる。

日常的に馴染《なじ》みのあるものではなかったが、形がはっきりするにつれてハジメの記憶の中の知識と結びつく。たしか、アッキＴＶでも使われていたものだ。

「……ドローンか？」

小型未確認飛行物体。またの名をドローンと呼ぶ。

「ザクラ、どうする」

「撃ち落とすか」

「できるのか」

「試す価値はある」

ザクラは腰だめに拳を構えた。右手の拳を握りつぶすと、《邪気威《ヤンキー》》は右手に収束し、その拳は白くなる。

「純白の右手――ホワイト・ワン・ショット！」

あまりにも強大な威力を誇るその拳は、空気をめちゃくちゃにしてストームの如《ごと》き風を生む。吹き上げられた風に巻き込まれた小型未確認飛行物体は、為《な》す術《すべ》なく制御を失って木の葉のように落ちてきた。地面に着く前にザクラがつかみ取る。

ドローンは円盤のようなものを頭にくっつけていた。

「お前、どこから来やがった」

ザクラが問うと、未確認飛行物体はぶるっと震えた。

カタカタと小刻みに喚《わめ》き散らした後、円盤から等身大のホログラムが浮かび上がる。

「なんだこりゃ！」

「騒ぐな。ただのホログラムだ」

ホログラムは人の形を取った。

研究用の白衣に身を包んだメガネの長身。鈍器にもなりそうな分厚い本を片手で開きながら持っている。ザクラと比べても見劣りしない恵まれた体躯《たいく》のインテリヤンキーだ。

『久しいな』

紫想《しそう》学園に進学した《天下逆上《てんかぎゃくじょう》》の一人。

周囲からリーダーとして認められていた男であり、日本で最初のヤンキーが著したとされる『Jの書』を信奉する保守派。猫丘《ねこおか》区にはびこる汎用ヤンキーのヤンキーらしからぬ振る舞いを良しとしない。そんなジュニアヤンキー時代の荒れた思想を生み出す腐れた思考回路に冠された二つ名は《叛逆思考《はんぎやく》》。S級ヤンキー、傲岸《ごうがん》モンジュがそこにいた。

ハジメが苦虫を噛《か》みつぶす。

「モンジュか……。懐かしい名前じゃねぇか」

「これはいったい何だ」

『この記憶媒体がザクラに届いていると、私は確信している。しかし、君がザクラじゃないとしても案ずるな。他人に渡ったとしても一樹之陰《いちじゅのかげ》。その時は因果な奇縁を歓迎しよう。それでこそ通話に頼らずあえてドローンを飛ばした甲斐《かい》があるというものだ』

「相変わらず何言ってんのか分かんねぇな」

ハジメが苦虫を噛みつぶした理由である。

『疑問が多いだろうから説明しよう。これは紫想学園で開発されたホログラムによる記憶媒体だ。特定の条件で再生されるようになっている。再生されているということは……君はそれなりの《邪気威《ヤンキー》》を有しているのだろうな』

「いちいち腹の立つ野郎だな」

ザクラは手に持った記憶媒体に力を込めた。

「おい、壊すんじゃねぇぞ」

「強度を確かめてみただけだ」

『実は風の噂《うわさ》で黒淵《くろぶち》が大修行大会を開催していると聞いた。これも何かの奇縁だ。私はヤンキーの実在性について研究していて、多くのデータが欲しい。特にヤンキーが強くなっていく成長過程のデータが欲しいのだ。ここまで言えば皆まで言う必要はないと思うが、あえて言おう。ここは一つ、我々の研究に協力してはくれないか』

「果たし状かよ」

ハジメはホログラムをぶん殴った。しかし、ホログラムは少しブレただけで何の影響もなく元に戻った。

「実在性とはなんだ？」

ザクラが率直な疑問を口にする。

「知るか。どうせあいつも知らねぇで言ってんだろ」

『もちろんタダとは言わない。紫想《しそう》学園の校舎、ヴァイオレットタワーにある最新設備を使って大修行大会を継続するといい。ＡＩがヤンキー一人一人に必要な修行を分析し、あらゆるサポートを提供する。どんな修行をするよりも早く成長できることを約束しよう』

「渡りに船ってことか」

「おい、ザクラ。お前までモンジュみてぇなこと言ってんぞ」

『協力してくれる気になったらいつでもヴァイオレットタワーに来るといい。君がザクラじゃなくとも望むのであれば受け入れる。あくまでも我々が求めるのは、研究データである。そして、我々は善良なるインテリヤンキーだ。君たちをいつでも歓迎しよう。では、我々に良き縁を』

ホログラムが消えた。

その瞬間、ザクラは記憶媒体を握りつぶした。

「大した強度じゃなかったか」

うっかり、とザクラの指の間から記憶媒体の破片がこぼれ落ちた。

「結局壊しやがったな」

「どう思う？」

「データを取るとか言ってやがったな」

「つまり、俺たちの戦力は筒抜けになる」

「だったら罠《わな》だ。話を聞く必要はねぇ」

ハジメは考えるまでもなく吐き捨てた。

「つまり、ハジメは反対ということか」

「俺はってどういうことだ。お前は前向きかよ」

「モンジュの言うことが本当ならメリットがでかすぎるだろ。修行をするのは、俺たちだけでもないしな。ここは民主的に決める」

「多数決とはまた、ヤンキーらしくねぇことを……」

ザクラは汎用ヤンキーたちの群れに向き直って大きく息を吸った。

「集会を始める！　お前ら、体育館に集まれ！」

二人に注目してサボっていた汎用ヤンキーたちの肩が揃《そろ》ってびくりと跳ねた。彼らはすぐに威勢を取り戻し、ぞろぞろと体育館に向かい始める。

「まあ、筆頭ヤンキーの言うことに文句はねぇけどよ」

「悪いな。だが……今はプライドよりも強さが欲しい。汎用ヤンキーたちの押し殺した叫びが聞こえてくんだよ。強くなりてぇ……ってな」

ザクラは飢《う》えた獣のような低い声で答えた。

○

猫丘《ねこおか》区に聳《そび》える五〇階建ての超高層ビル・ヴァイオレットタワーは、紫想《しそう》学園の校舎ということになっている。学校としての機能はもちろん、寮、研究施設、病院など、インテリヤンキーの叡智《えいち》が集結した日本の未来を担う施設として猫丘区では有名だ。

区内最大の救急指定病院としても機能しているため、紫想エリアのヤンキーに限らず区内のありとあらゆるヤンキーが日常的に担ぎ込まれる場所でもあった。

一〇〇〇人を超える生徒数は猫丘区随一だが、インテリヤンキーとしての使命を全うするためにシマトリーに参加しない者も多い。卒業後の進路は、国内最高峰のインテリヤンキー大学に進学する者が大半だが、無限にダブりを繰り返してヴァイオレットタワーで研究を続ける者も少なくない。

紫想学園に通うヤンキーは端から端まで頭のスペックが高いと言われている。一方でヴァイオレットタワーは頭の悪い見た目をしていた。馬鹿と天才は紙一重。ＳＦとＢ級も紙一重。その外観は、機能性というものを完全に忘却していて、流線型の曲線美が緻密に計算し尽くされた黄金比のシルエットによってデザインされているという。

それでも、猫丘区のヤンキーを圧倒するには十分。

黒淵《くろぶち》のヤンキーたちはヴァイオレットタワーを呆然《ぼうぜん》と見上げていた。

「SF……」

レンジの感想には横文字が並んだ。

「おい、ハジメ……俺たち金なんかないぞ」

キンは入場料を取られると思っているらしい。

「入場無料だ」

ハジメが答えると、キンは目を丸くする。

「無料だと……？」

「この建物、いくらかかってんだろうな」

オンギョウは自分のボロ布のような制服と見比べていた。

「何百万もするんじゃないか」

フウはだいたいのものが何百万で済むと思っている。

その答えにオンギョウは「何百万……」とさらに衝撃を受けてしまう。

先頭を歩くザクラが四人を振り返った。

「アホか、お前ら。数千万はかかるに決まってるだろ。ビビってないで行くぞ」

体育館で行われた集会によって、黒淵《くろぶち》大修行大会の地を紫想《しそう》学園のヴァイオレットタワーに移そうと決まっていた。反対意見もないことはなかったが、ここまで大修行大会が特段の成果を出せていないことで、全員が何かしらの変化は必要だと考えていたのである。

ザクラの後ろにはS級からA級のランクの高いヤンキーたちが歩いていて、そのさらに後ろに二〇〇人を超える汎用ヤンキーたちがぞろぞろとついてくる。既に修行によって挫折を味わい脱落で離散した汎用ヤンキーが三分の一ほどいるが、それでも圧黄《あっき》の一部のヤンキーを取り込んだ新生黒淵は大所帯だった。

ヴァイオレットタワーの自動ドアを通り抜けてロビーに入る。

ロビーには受付カウンターがあり、その横には巨大改札機のようなゲートがあった。このゲートを何とかして通り抜けないことには、先に進めないシステムになっているようだ。

「本日はどういったご用でしょうか？」

受付嬢ヤンキーがにこやかに声をかけてくる。

「赤城《あかぎ》ザクラだ。傲岸《ごうがん》モンジュの果たし状を受けてカチコミに来た。電話で話はついてる」

「赤城ザクラ様のおカチコミでございますね。お話は伺っております。ゲートを通過していただき、奥のエレベーターで三九階までお進みください」

ゲートが悲鳴を上げながら開いた。

大所帯がゲートをくぐってヴァイオレットタワー内部に進行していく。

「レンジ、何かあったか？」

　レンジはきょろきょろと辺りを見回しながら歩いていた。アオイに声をかけられても不思議そうな表情は晴れない。

「ここ、インテリヤンキーの巣窟なんだよね？」

「そうだな。普通のヤンキーはほとんどいないらしいぞ」

「それにしては……あまりにも《邪気威《ヤンキー》》の気配がないような気がするんだよね」

「あ……ほんとだ。高いところにいるから感知できないとか？」

「そういうことなのかな」

　エレベーターで三九階に向かう間も《邪気威《ヤンキー》》の気配は感じられなかった。フロアを通過するときに一瞬だけ感じることもあったが、それも次のフロアへ移ると消えてしまう。

　三九階に到着。

　途端にS級ヤンキーに相当する《邪気威《ヤンキー》》を感じてレンジは確信した。同フロアにいないと感知できないような妨害システムが働いているらしい。さすがインテリヤンキーの巣窟だった。ヤンキーの叡智《えいち》を早速見せつけられてしまう。

　さすがの汎用ヤンキーもその場の異様さを感じ取ったようで、面々は警戒を強めた。

　エレベーターホールの真ん中には、研究用の白衣を着たインテリヤンキーが待ち受けていた。手には重そうな本を持っている。

「久しぶりだな、モンジュ」

「元気そうで何よりだ、ザクラ」

黒淵《くろぶち》のヤンキーがぞろぞろとエレベーターホールに湧き出て傲岸《ごうがん》モンジュを囲うが、インテリヤンキーらしからぬ巨躯《きょく》を備えたモンジュは少しも慌てる素振りを見せなかった。

「まずは我々の研究に協力してくれることを感謝しよう。これだけの人数のデータを取れるのは僥倖《ぎょうこう》だ」

「勘違いするな。お前の研究に興味はない。俺たちはただ強くなるために来た」

「ヤンキーの実在性を知ることは、己を高みに導くことに繋《つな》がる」

「……あ？」

「ヤンキーとは何か。なぜ天は人の上にヤンキーを造ったのか。知りたいと思わないか？」

「研究し続ければ、その天ってやつが教えてくれるのか？」

「答えは、人がヤンキーとして成長していく過程にあると思っている」

「研究バカめ」

ハジメが吐き捨てた。

「頭はいいが相変わらずネジが足りてねぇ。おい、ザクラ。最初は罠《わな》かと思ったが、やっぱりこいつには罠にかける小細工なんかできねぇぞ」

「……同感だ」

ザクラは呆《あき》れたようにハジメに同調した。

「聞き捨てならないが、ひとまず信用は得られたと思っていいのかな？」

「御託はいい。さっさと案内しろ」

「いいだろう。では、ついてきてくれ」

そう言ったものの、モンジュは囲まれていて出口がなかった。汎用ヤンキーが壁になっているにも拘《かか》わらず歩きたい方向へまっすぐと歩いて行く。

モンジュから発せられるどっしりと重い《邪気威《ヤンキー》》は、ガンを飛ばす汎用ヤンキーたちの気勢を削り取っていった。モンジュが近づくにつれて汎用ヤンキーはじりじりと後退し、とうとう尻もちをついて道を空けた。

座り込んだ汎用ヤンキーの中から声が上がる。

「お、俺たちは、いつか、こんなやつも相手にしなきゃいけねぇのか……？」

「勝てるわけねぇよ……」

「《天下逆上《てんかぎやくじよう》》のリーダー……ばけもんじゃねぇか……」

……まずいな。ザクラは士気が下がっているのを感じ取った。

「お前ら、安心しろ。黒淵には、俺がいる」

汎用ヤンキーたちの疑うような目がザクラに向けられた。無理もない。ただでさえ黒淵は紫想《しそう》に修行を付けてもらう立場で、目の前には強大な敵が立ちはだかっているのだから。

ここらで筆頭ヤンキーとしての威厳を取り戻す必要があるだろう。

「モンジュ、一発だ」

「仕方のないやつだ」

ザクラは拳を握り込んだ。その右手は、血流をせき止めて白く染まる。

「純白の右手──ホワイト・ワン・ショット！」

《邪気威《ヤンキー》》にまみれた拳が突き出されるなり、モンジュは意図して己の拳をぶち当てた。

互いの右手が衝突した瞬間、フロアには爆風が巻き起こり、周囲の汎用ヤンキーたちが軒並み吹っ飛ばされていった。

「また強くなったのではないか、ザクラ」

「お前こそ引きこもってた割にはやるじゃねぇか、モンジュ」

──うおおおおおおおおおおおおおっ！

汎用ヤンキーたちから雄叫《おたけ》びが上がった。

ネギ頭のネギはへなり、目を丸くするバンダナは頭のバンダナがずれている。

「あの人、やっぱり強いっしょ……」

「伊達《だて》に《天下逆上《てんかぎやくじよう》》やってねぇな……」

黒淵《くろぶち》が士気を取り戻した瞬間だった。黒淵には、バケモノと対等に渡り合えるヤンキーがいる。ザクラが筆頭ヤンキーなら大丈夫。この人についていけば勝ち続けられる。そんな空気がフロアには充満している。

「黒淵最強は、俺だ」

「言われずとも分かっている。久闊《きゆうかつ》を叙するのもこの辺にしておこう。さあ、こっちだ」

その場の誰もが息を呑《の》んで二人を見守る間、レンジだけはにやけていた。

これが《天下逆上》のリーダーか。本気を出せばまた違うんだろうけど、通常時の《邪《ヤン》気威《キー》》だけでもここまで研ぎすまされている。しばらく紫想《しそう》と喧嘩《けんか》する予定がないっていうのは惜しいな。でも、ここで修行をしてから喧嘩っていうのも悪くない。《天下逆上》同士のぶつかり合いは、きっとかなり面白いことになる。

「レンジ、にやけてるぞ」

アオイに目を細められた。

「ああ、ごめん」

「やっぱり、つえーやつを見ると燃えるよな。あれを超えていかねーと」

「そうだね。楽しくなってきたよ」

三九階はモンジュと志を共にするインテリヤンキーたちがつるむフロアだった。広い研究室は四分の一がコンピュータにまみれたモニタールーム然としたスペースで、残りのだだっ広いスペースはヤンキーが自由自在に動けるように室内運動場のようになっていた。

室内運動場に黒淵のヤンキーを集めて集会が始まった。

前に立つのは黒淵の筆頭ヤンキー赤城《あかぎ》ザクラと紫想学園の傲岸《ごうがん》モンジュだ。

「まずは助手からバンドを受け取ってくれ」

黒淵のヤンキーたちにデータ収集用のリストバンドが渡されていった。このバンドは、傲岸モンジュを含む三九階のインテリヤンキーたちはほぼ全員が装着しているらしい。

「このバンドを通じてパーソナルデータが蓄積されることになる。データは常にＡＩが分析していて、個々の課題の割り出しや適切な喧嘩《けんか》スタイルの提供を随時行っていくことになる。このシステムはカチコミルに連動しているから確認したいときは各自アプリを利用してくれ」

バンドを持った助手がレンジの前にやってきた。

「あ、俺はいいです」

「つれないね」

聞き覚えのある声だ。

「お前は……御影《みかげ》シゲルか」

「憶《おぼ》えてもらえているなんて光栄だ。遊びに来てくれて嬉《うれ》しいよ」

そういえば、ヴァイオレットタワーにいるとかなんとか言われていたんだっけ。

レンジは今になるまですっかり忘れていた。

圧黄《あつき》とやり合っている時にずっと監視されていたはずだが、ヤンキーのデータを収集しようとしていたのだとすれば納得がいく。

痩せ型で筋肉もほとんどなく、争い事とは無縁で育ちの良さそうな髪質。そこに白衣と見るからに高価そうなメガネが合わさって典型的なインテリヤンキーの風貌になっている。

《邪気威《ヤンキー》》は抑えられているのか、ただ弱いだけなのか、あまりにも微弱でそれが却《かえ》って怪しさをかもし出している。紫想《しそう》学園の技術力なら《邪気威《ヤンキー》》を隠す機械があってもおかしくはなさそうだ。

ふと、シゲルの手首を見てみるとバンドが装着されていなかった。

「お前、バンドはしないのか？」

「僕みたいな雑魚につけたって仕方ないだろ？　バンド一本にしたって安くないんだ」

「じゃあ俺も同じだな。俺みたいな雑魚がしても意味ないし」

「また、つまらない冗談を。つけたくなったら言ってくれ。それじゃ」

シゲルは去っていった。

「レンジ、知り合いか？　なんか、いつもよりレンジが怖かった気がするけど」

「あいつとは、ちょっと出会い方が特殊だったから……。あいつは信用しない方がいいよ」

「見た目は弱そうだけどな」

「そういうやつほど強かったりするんだよ」

「それをレンジが言うのは面白い」

「え？」

「一番弱そうなのに一番強いからさ。あ、弱そうっていうのは、かっこ悪いとかそういう意味じゃないぞ？　なんていうか、そう、ヤンキーっぽくないのにってことかな」

必死に言いつくろうアオイはちょっとかわいかった。

「さて、行き渡ったようだな」

バンドの装着が概《おおむ》ね完了したのを見て、モンジュは口を開いた。

「ＡＩの分析が完了するまでは各自タイマンの喧嘩をしてもらうことになる。その後は課題に沿った修行を各自で行う。修行場所についてはアプリに表示されるから確認してくれ。以上だ」

「ちょっと待て」

止めたのはザクラだった。

「不公平だろ。たしかに最新鋭の環境で修行できんのはありがたいが、こっちはデータを提供して戦力が筒抜けになるんだから、少なくとも現状の研究成果くらい教えてくれたっていいんじゃないのか」

「ザクラ、君は結局、気になっていたのか」

「誰が好奇心で聞くか。うちのヤンキーが不公平を嫌うだけだ」

「先に言っておくと、ここで収集したデータは学園内に共有されない。あくまでも私のプロジェクト内で留《とど》めておくデータだ。三九階にいる者はシマトリーに参加しないし、戦力が筒抜けになることはない。成果の方は……」

モンジュは持っていた本を開こうとして、やめた。

躊躇《ためら》うような仕草をザクラは見逃さなかった。

「まさか何の成果もないのか？　データを収集するからには、それなりの根拠があるんじゃないのか」

「いや、成果はある。だが、君たちに伝わらないか、あるいは悪い捉え方をしてしまう可能性がある」

「いつも意味分からないこと言ってんだろうが。今さら気にするな」

「ふむ。あくまでも仮説の段階でよければ話そう」

「仮説でもあるなら話せ」

モンジュは持っていた本を開いた。

「『Jの書』には、こう書かれている。『天は人の上に人を造らず、人の上にヤンキーを造った』とな。この本では、人とヤンキーの違いについて書かれている章がある。我々の研究テーマは、まさにその章に書かれていることを科学的に解明することだ」

「既に訳が分からん」

「人は自らの脳を一〇〇%稼働させることができない。しかし、中には一〇〇%どころか限界とされている以上の能力を引き出してオーバークロック状態にできる人間が存在すると判明している。それが、ヤンキーやアスリートなど、あらゆる分野でプロや達人と呼ばれている者たちだ」

「なるほどな。そいつらが、どうやって能力を引き出しているのか研究しているわけか」

「その方法については、既に仮説がある」

「……なんだと。方法があるのか」

「ヤンキーというものは価値観であり生き方だ。常人は脳が一〇〇%稼働できないように自らにリミッターを課しているが、生き方を限定することで脳の稼働を最適化し、リミッターを解除していくことができる。つまり、ヤンキーやアスリートと呼ばれる者たちの生き方は一種の暗示で、リミッターを外すためのトリガーになっているのだ。そうしてヤンキーが行き着く先を我々は《寂光刹那《じゃっこうせつな》の境地》と呼んでいる」

その場にいるヤンキーたちがざわつき始めた。

果たしてモンジュの説明を理解できた者がどれだけいるのかは分からない。しかし、リミッターを外せるという何やら簡単に強くなれそうな響きの言葉だけで汎用ヤンキーたちは色めき立ったのである。

「ヤンキーの生き方が分かれば、誰でもS級になれるってことか？」

ザクラが動揺を抑えながら聞く。

「だから、悪い捉え方をされかねないと言ったのだ。ヤンキーの生き方なら『Jの書』に詳しく書いてある。しかし、誰でもS級になれるかどうかは分からないし、その生き方が果たして人間的に正しいかどうかも私は測りかねる」

「強くなれるんだから正しいだろ」

「それが正しいあり方なのであれば、人間が自らにリミッターを課すようにできているはずがない。人間の機能を最大限に引き出す手段の一つとして、なぜヤンキーというものが存在しているのか。それは、なぜ天は人の上にヤンキーを造ったのかという疑問と同義だ」

「何を言っているのか分からんが……よく聞け、モンジュ。今ここで俺が正しさを証明してやる」

「なんだと？」

ザクラは汎用ヤンキーの群れに向き直り、大きく息を吸った。

「お前ら、強くなりたいか！」

――うおおおおおおおおおお！

汎用ヤンキーたちの雄叫《おたけ》びが上がった。

「なるほど。威勢が良い」

「これで十分だろ。お前の研究はある程度分かったし、興味深い。ここで修行すれば強くなれそうだ」

「元より決意を問うつもりはない。つまらない話をしてしまったな。まずは、ここで各自実力の近い者とタイマンをしてもらおう」

「俺たちは緑織《みどりおり》にも勝てるようになるか？」

「緑織の汎用ヤンキーたちは、カズマのカリスマをトリガーにして脳のリミッターを解除している。たしかにカズマの指導力は抜群だが、紫想《しそう》の最新設備には敵《かな》うまい」

「つまり？」

「君たちは、緑織に勝てる」

○

その日から紫想《しそう》学園での修行が始まった。

ヴァイオレットタワーの設備は至れり尽くせりで、宿泊施設も揃《そろ》っている。黒淵《くろぶち》のヤンキーたちは研究への協力という名目で施設利用料が無料になったので、ヴァイオレットタワーの外に出る必要すらなかった。

汎用ヤンキーたちは、それぞれグループに分かれて、体力アップ、スキルアップ、筋力アップ、《邪気威《ヤンキー》》の増強、戦闘スタイルの確立などなど、過酷な修行に励んでいた。

たったの三日でほぼ全員のヤンキーがボロカスになっていたが、出張愛怒流声優《アイドル》によってなんとか息を吹き返していたところだ。花井《はない》ハルカもいざとなったら自分のために動いてくれる親衛隊が強化されるということで、今回の遠征修行にはずいぶん乗り気だった。

第九八修練ルーム。レンジはアオイの修行を見学しているのだが……。

「はにゃ～……」

アオイは目を回してひっくり返っていた。

「えっと、大丈夫？　アオイさん」

「課題が多すぎて……」

「ＡＩは乗り越えられる試練しか与えないって傲岸《ごうがん》さんが言ってたよ」

「あと一〇分……」

がくっ。

「あ、アオイさん⁉　大丈夫……って、寝たのか」

泊まり込みということもあって、連日朝から夜までみっちり修行が入っている。ＡＩから十分な休息の仕方も提案されているが、それ以上に修行はきついらしかった。

「すごいな……紫想学園の生徒はみんなこれをやってるのか……」

「こんな過酷な修行をしてるやつは、ほとんどいないね」

レンジが振り向くと、御影《みかげ》シゲルが作りたての笑みを顔に張り付けて立っていた。

「何か用？」

「世間話をしに来ただけさ。ちなみに今回の修行メニューだけど、鬼津《おにつ》アオイに関しては、《愛《いと》しき業火《ごうか》》の修行メニューも組み合わせてるんだったかな」

「へぇ、ＡＩってやつは意外と柔軟なんだな」

「柔軟にできるように日々僕らが研究してるんだよ」

修練ルームのドアが開いてモンジュが入ってきた。

「おっと、いけない。僕にも仕事があるから。それじゃ、また話そう」

「いや、お前とはもういいよ……」

シゲルはモンジュとすれ違って部屋を出て行った。

「彼とは仲がいいのか？」

「いや、一方的に絡まれてるだけだから」

「そうか。彼も恐らく君に研究の協力をしてほしいだけだ」

「こんなことやるより、俺はアニメ観《み》た方が強くなれると思うんだけどな」

「君がそう言うなら、そうなのだろう」

レンジは髪に隠れた目をぱちくりさせた。

「もしかして、傲岸《ごうがん》さんもオタク？」

「まさか。リミッターの外し方は各人に個性があるということだ。必要なプロセスを辿《たど》ることができるなら、生き方はヤンキーだろうがオタクだろうがオタクヤンキーだろうが構わないということだ。君にとってはオタクという生き方がトリガーなのだろう」

「なるほど……つまり、俺にできても他の人にはできない可能性がある、と」

「そういうことだな。オタクのデータはないからぜひとも修行に参加してほしいのだが」

「いやいや、俺はいいよ」

《純白の悪魔》だってバレたら面倒だし。

「たしか君は東北出身だったな。東北とはどんな場所だ？　私もいつかその地を訪れたいと思っている。しかし、なかなか奇縁に恵まれなくてな」

「ろくな場所じゃないよ。一部発展している地域もあるけど、他はヤンキーのせいでめちゃくちゃ荒廃しちゃってるし」

「君が住んでいた場所はどうだ？」

「一応、親の仕事もあったし、実家周辺の治安は普通だったね。電波は悪いけどネットも入る。通っていた学校はザ・東北みたいな荒廃した地域にあったけど」

「ほう。それは興味深いな」

「まあ、たぶんよくある田舎だよ。ちょっとヤンキーが多いだけかな」

「その違いが重要なのではないか」

「どうかな。ヤンキーは少なければ少ないほどいいと思うけど」

「東北でもヤンキーはそのような扱いを受けてしまうのか……」

「あ、いや、俺がおかしいだけかも」

「そうか。東北はＪ氏が生まれた地だ。ヤンキーとしての生き方が全住人に推奨されているのだろう。東北でＪ氏はどんな存在として崇《あが》められている？」

「崇められてるって……そもそも、Ｊ氏って誰だ？」

「……知らないのか？　『Ｊの書』を著した開祖と呼ばれる日本最初のヤンキーだぞ」

「あー、御影《みかげ》シゲルが言ってた本か。知らなかった」

「……なんと。そうか……」

……めちゃくちゃ分かりやすく落ち込んでる!?

「いつか自分の目で確かめてみたいものだな」

よかった……自分の目で見たものしか信じないタイプだ。

「そういえば、傲岸さんはなんでシマトリーに参加しないんだ？　《天下逆上《てんかぎやくじよう》》の中では一番強いんだろ？　リーダーだったみたいだし」

「いや、天下逆上のメンバーはそれぞれが最強だ。時と場が変わればそれぞれに強い。それが《天下逆上《てんかぎやくじよう》》だ。つまり、天下逆上は天時地利人和《てんじちりじんわ》を修めし者の集まりということだ」

「ミリも分からない……」

「孟子《もうし》だ。天時、すなわち天による幸運。地利、すなわち地による有利。人和、すなわち人心の同和。この三つを極めてこそ最強たりうる。J氏も『Jの書』で語っている」

「ハジメはザクラに負けたけど、時と場が変われば逆もあり得るかもしれないし、他のメンバーがザクラに勝ってハジメに負けることもあるってことか」

「そういうことも起こりうる」

なおさら《天下逆上》同士の喧嘩《けんか》が楽しみになってきた。

こんな人が指導するんだから、きっと黒淵《くろぶち》の陽キャたちもいつか本当のヤンキーになるのだろう。そうなれば、またクオリティの高い喧嘩コンテンツがリアルタイムで観《み》られる。

「ぜひ第二第三の《天下逆上》を生み出してくれ」

レンジは前のめりだった。

「ああ。善処したいところだな」

修練ルームにアラームの音が鳴り響く。修行メニュー切り替わりの合図だ。

「うがー！」

アオイは腹筋を使って飛び起きた。

「レンジ、ご飯にしよう！」

「えっと……それは俺じゃなくて……傲岸《ごうがん》さん」

「残念無念。修行だ」

「ぎゃあー！」

アオイはひっくり返った。

「鬼津《おにつ》アオイ、例のものが出来上がったぞ」

この部屋に入ってきたということは、モンジュはレンジではなくアオイに用があるはずだった。モンジュは白衣の中からリモコンを取り出して操作する。

部屋の隅には訓練用のヤンキー人形があった。

一方的にぶん殴ることもできるし、ＡＩをインストールして仮想ヤンキーとして喧嘩をすることもできる優れものだ。そのうちの一体が、モンジュの操作によって立ち上がった。

ホログラムによって瞬く間に容姿が変わっていく。

「えっ」

アオイは目頭をぶん殴られたかのような衝撃を受けた。

超科学の叡智《えいち》を見せられて感動しているからではない。現れたホログラムがまったく予想しなかったものだからだ。

仮想敵にしておくには勿体《もったい》ない貫禄《かんろく》のタッパ。長身を覆う真っ赤な特攻服を着流した堂々たる後ろ姿。その背中に書かれた文字は——鬼怒愛落《きどあいらく》。

「トキコ、さん」

振り返った彼女は、最強に強い自信を内包した笑みでニッと口の端を持ち上げた。

「赤城《あかぎ》トキコのデータからAIを生成してインストールしたものだ。喋《しゃべ》ることはできないし、感情などがあるわけではないが、容姿、表情、喧嘩《けんか》スタイルなどは、ある時点の赤城トキコをほぼ再現できている」

「……東京すげぇ」

レンジは口をぽかんと開け、頰《ほお》を上気させていた。この手の技術を嫌いなオタクなどこの世に存在するはずがない。

「AIトキコさんってことか!?」

「そういうことだ」

「AIトキコさん……！　つえーのか？」

「さすがにオリジナルからは何段も落ちるが、簡単に勝てるとは思わない方がいい。鬼津《おにつ》アオイ、君は打撃の威力に課題があったな」

「そうだな」

「試しに喧嘩してみるといい。手本にするには、十分な性能だ」

「言われなくても！」

アオイは床を蹴ってAIトキコの眼前に躍り出た。

蹴りを構えたアオイに対し、AIトキコは《邪気威《ヤンキー》》に反応したのか予測による回避行動を取ってカウンターの一撃を構える。

AIの動作は見事にアオイの一発を先回りし、避《よ》けざまの強烈な一撃がアオイを襲った。

「アオイさん!?」

　レンジが叫んだのとアオイがぶっ飛ぶのは同時だった。

　なんとかガードは間に合ったもののAIトキコの一撃は重く、耐えきれずにアオイは壁まで吹っ飛ばされた。第九八修練ルームの壁は出来すぎたクッション性によってアオイを包み込む。アオイはクッション性の高い壁画になってしまった。

「つ、つえぇ……」

「この通りだ。打撃の威力は君を超えている。赤城トキコの能力で可能だった行動は、ほぼすべてやってくると思っていい」

「それってもう完全再現なんじゃないのか？」

　レンジが指摘すると、モンジュは首を振った。

「残念ながら、そうもいかない。リミッターの話はしたと思うが、このAIは、ヤンキーが持ちうる潜在性のような変数を再現することができないのだ。実力で言えば、オリジナルのせいぜい七割程度だろう。もっとも、この割合も赤城トキコが普段から本気で喧嘩していたという前提において成り立つものだが」

「そうか、本気を出してなければデータも取得できないのか」

「当然のことだな」

　逆に言えば、本気を出していればデータは確実に取られるってことか……。うっかり本気を出してデータを取られるようなことがあったら《純白の悪魔》だと思われるわけだな。

レンジは警戒心を新たにするのだった。

壁画のアオイはぴょんと飛び降りた。

「やる気が出てきた。私の次のメニューは、ＡＩトキコさんとのタイマンってことでいいんだよな」

「もちろんだ。ＡＩトキコは第九八修練ルームでのみ使える。うまく活用するといい」

「よっしゃー！　ありがとな、モンジュ！」

「礼には及ばん。存分に励め」

モンジュは修練ルームを後にした。

アオイは今までにないほど集中している。さすがに邪魔をするわけにはいかない。見ていたい気持ちをぐっと堪《こら》えて、レンジも部屋を出て行くのだった。

「頑張れ、アオイさん」

○

日が落ちると、ヤンキーたちはヴァイオレットタワーの食堂にカチ込み、無限の食欲を満たすためビュッフェ形式の夕餉《ゆうげ》に興じた。ヴァイオレットタワー滞在中のヤンキーであれば格安で利用できる食堂である。黒淵《くろぶち》のヤンキーたちには、研究協力ということで無料の利用券が配布されている。至れり尽くせりとはこのことだった。

死ぬほど飯を食った後は、ヴァイオレットタワー内にあるホテルのような宿泊施設に各々引っ込み、快適な眠りを約束された最新式のベッドにて体力回復を図る。これだけの修行環境は、紫想《しそう》学園の協力なしには当然実現しなかったことだろう。

三九階。モンジュの研究室。

ザクラ、モンジュ、ハジメの三人は盃《さかずき》を交わし合っていた。盃の中身はヴァイオレットタワーで開発されたエナジードリンクである。寝る前の一杯だった。

「最先端の科学ってやつは、とんでもないな。何もかも用意させちまってすまない」

ザクラが言うと、モンジュは年相応の笑みを浮かべて応じた。

「そう言うな。我々の仲だろう。紫想学園としても研究に協力してもらえるのは助かる」

「だったら直接連絡しろ」

ハジメは盃のエナドリをすすった。

「ホログラムで語った通りだ。誰に届いてもよかったのでな。それより、修行はどうだ?」

プライドを取り繕わずに本音を言うなら可もなく不可もなく。元よりハジメは右の拳について、これ以上どうしようもないところまで鍛え上げている自負があった。あとはこの必殺技をいかにして相手に叩《たた》き込《こ》むかが重要になる。ヴァイオレットタワーでの修行は、単純なアジリティ強化と、不意打ちに使うため《邪気威《ヤンキー》》を極限まで抑える鍛錬に時間を割いていた。卑怯《ひきよう》と言われようが、相手に気づかれる前に殴れるのは最強に強い。

「悪くはねぇが、俺のやってる修行は短期間で成果が出るもんじゃねぇよ」

「そうか。ザクラはどうだ？」

「俺には足りないことが多すぎる。痛感したばかりだからな。モンジュ、俺はすぐにお前すら超えてやるぞ。圧倒的な差をつけてな」

「何を言う。二人とも既に私より強いだろう」

「いいや、いまだにお前は《天下逆上《てんかぎゃくじょう》》のリーダーだ。強さ順だからな」

「むしろリーダーに相応《ふさわ》しいのは、ザクラ、お前だと私は常々言ってきたはずだ」

「無駄な謙遜しやがって。しかし……勿体《もったい》ない、一番強いお前がインテリヤンキーになるとはな」

「一番強いと思ったことはないが。勿体ない、とでも言うつもりか？」

「ああ。勿体ない。シマトリーにはエントリーしてるんだろ。参加するつもりはないのか」

「先に言ったとおりだ。もう喧嘩《けんか》をするつもりはない」

「何がお前ほどのやつをここまで変えちまったんだろうな」

「根本は同じだ。ヤンキーを知りたいという一心でここまで来た。喧嘩という手段では限界を感じたから研究の道に走ったまでだ」

「ふん、そうか。憶《おぼ》えてるぞ。お前が俺たちと初めて会ったときに言った言葉」

モンジュは目をしばたたいた。

「印象的なことを言ったつもりはないのだが」

「ハハハ！　忘れてんぞ、こいつ！」

ハジメは歪片手に笑い出した。ザクラもつられて笑みを浮かべながら言う。

「『猫丘区《ねこおか》にヤンキーもどきが蔓延《はびこ》る理由を知りたい』だ」

「……憶《おぼ》えてないな。当時は《天下逆上《てんかぎやくじよう》》のメンバー以外に本物のヤンキーがいないように見えたのだろう」

「陰キャみたいなこと言いやがって」

「彼らとどれだけ拳を交えても分からなかった。どころか、疑問は深まるばかりだ。なぜヤンキーというものが存在するのか」

「案外、意味なんてないのかもしれない」

「それならそれでいい。無知の知は研究の末にあるものだ」

部屋のドアが開いた。

カチ込んできたのは、顔の半分以上を前髪で隠した陰キャの姿だった。シャワーを浴びた後なのか、黒髪のキューティクルは普段の二割増しでサラついている。

「おっと、邪魔したか？」

安室《あむろ》レンジだ。

「いや、晩酌をしていただけだ。モンジュに用か？」

ザクラが問う。

「用ってほどの用ではないんだけど。ほら、俺って修行もしてないし。やることないから何か手伝えることないかと思って。飯とか食わせてもらうのも申し訳ないしさ」

「そういうことなら、データの収集が一番の手伝いになるのだがな」

断られるのを分かっていながらモンジュは微笑を浮かべて答えた。

「……それ以外で」

「むしろ何をすればデータ収集をさせてもらえるだろうか」

「そうだな……花井《はない》ハルカがヒロイン役を務める『遅すぎた勇者の英雄譚《たん》』の限定フィギュアを旧版リメイク版合わせて全キャラ分用意してくれたら考える」

「……聞かなかったことにしてくれ」

「だろ？」

「今のところ、これ以上の人手は不要なのだ。申し出はありがたいが、気を使わずヴァイオレットタワーを堪能するといい」

「そう？　パシリでも何でもするけど……って、ここにいれば揃《そろ》わない物はないか」

「パシリ……いや、一つあったな。暇だと言うなら一つ頼まれてくれないか」

「え、本当にパシリ？」

「簡単なおつかいだ。すまないが、ドローンを受け取ってきてくれ。壊されてしまってな」

モンジュがザクラに視線をやると、ザクラはばつの悪そうな顔になった。

「……悪かったな」

ハジメは、くっくと笑いを堪《こら》えている。

「なるほどね。どこに行けばいい？」

「赤里襖《あかりぶすま》エリアの闇市にいる商人から受け取ってくれ」

「へぇ、東京にも闇市ってあるんだ」

「あるのは赤里襖エリアくらいだ。私の名前を出すだけでいい」

「それくらいだったらやるよ。夜の方がいい？」

「そうだな。昼間に行くのは避けた方がいいかもしれない」

「じゃあ、今から行ってくる」

「地図を描いてやろう」

　時代感覚が分からなくなりそうな会話だった。

「紙じゃなくていいよ。地図アプリの使い方教えてくれれば」

「カチコミルのマップを見てみるといい。赤里襖エリアだけは詳細な地図がないはずだ」

　レンジはカチコミルを確認した。赤里襖エリアはアバウトな塗りつぶしになっている。

「ほんとだ……」

「恐らく、カチコミルの開発者でも赤里襖エリアには入れなかったのだろう。それだけ、危険ということだ」

　モンジュは最新鋭の科学的な設備に囲まれながら、紙と鉛筆を取り出してアナログを極めた案内地図を作り上げた。

「油断はしないことだな」

　そう言ってレンジに渡す。

「了解。何かあれば電話するよ」

「そうしてくれると助かる」

レンジは地図を握りしめて部屋を出て行った。

「いいのか？」

ザクラが口を開いた。

「彼は強いのだろう？」

「強い。《天下逆上《てんかぎやくじよう》》に匹敵するかもしれない……が、何も知らないやつを赤里襖《あかりぶすま》エリアに放り込むとはな」

「それなら、止めればよかっただろう」

「お前じゃないが、どうしても気になってな。何か起きた時、あいつがどうするのか」

「ザクラ、君は意外と研究者に向いているのではないか？」

「馬鹿言え。ただのヤンキーの好奇心だ」

「そうだな。人が人である以上、好奇心に抗《あらが》うことはできないものだ。能ある鷹《たか》が爪を隠せなくなる瞬間ほど、好奇心が疼《うず》くものはない」

「俺もザクラに同意だな。心配しなくても、あの陰キャは強いぞ。直《じか》で喧嘩《けんか》した俺たちが保証してやる」

「ふむ……それは頼もしい」

時刻は夜九時を過ぎていた。三人は干した盃《さかずき》に追い盃をして晩酌は続いていく。

○

レンジはヴァイオレットタワーのゲートを抜けたところで致命的なことに思い至った。地図には赤里襖エリアに入ってからの道順が描かれているが、そもそも赤里襖エリアにどうやって行けばいいのか分からないのである。

「アオイさんに聞いてみるか」

電話をかけてみると、アオイはワンコールで通話に出た。

『レンジ？』

「ごめん、アオイさん。ちょっと聞きたいんだけど、赤里襖エリアってどうやって行けばいいか分かる？」

『赤里襖!?　何しに行くつもりだ!?』

「ちょっとおつかいに……」

『私も行く！　今どこにいる？』

「来るの？　ロビーにいるけど……」

『すぐ行くから！』

電話が切れた。

赤里襖が猫丘《ねこおか》区で最も危険な高校って説明してくれたのは、アオイさんだっけ。別に高校にカチコミするわけじゃないし、問題はなさそうだけどな……。

そんなことをぼんやり考えていると、奥のエレベーターが高級電子レンジのような電子音を上げてロビーに着いた。重いドアが開くなりアオイが飛び出してくる。

「あ、アオイさん」

「ごめん、お待たせ！」

アオイはゲートを駆け抜ける勢いで通り抜けた。

「じゃ、行こっか。カチコミデート」

「えっと、うん？　そ、そうだね……行こうか」

レンジはアオイと合流し、ヴァイオレットタワーを後にした。


赤里襖《あかりぶすま》。

そこは、《地図にしか存在しない街》と呼ばれている。人が地図を作成する時、赤里襖エリアは真っ先に特級の危険地域として塗りつぶされる場所だ。

かつて一度だけテレビが入ろうとしたことがある。

彼らは赤里襖に住む人間を世間の見世物にしてやろうと生放送を決行した。

結果、その放送は歴史に残る放送事故となった。

赤里襖に足を踏み入れた瞬間、リポーターの姿は消え、カメラは地面に落下し、音もなくスタッフは消え失《う》せた。大の大人が一〇人。悲鳴もなく姿を消してしまったのである。

拾い上げられたカメラには、鬼の面を被《かぶ》る者が映った。

「手を出さなければ、何もしない」

映像はそこで途切れた。

国民たちが普通の生活を営む平和な世界を表とするならば、社会には裏と呼ばれる闇の世界が存在している。裏世界に蔓延《はびこ》るのは、犯罪も辞さないヤクザや反社会的な元ヤンたちの集団だ。表に生きる人々は、裏の世界の存在に気づきながらも見て見ぬふりをしながら日々を生きている。

だからこそ、人々は知るはずがない。

表の世界では生きられず裏の世界で生きているというのに、その闇の中でさえ追放されてしまった集団がいることを。

赤里襖という地域は、国が彼らのために用意した土地だった。居場所を用意してやるから、何もしないでくれ。元々その地域に住んでいた住民たちの意志を無視して彼らを赤里襖という土地に押し込めた。

その交渉が成立したのかどうかは分からない。少なくとも現在、彼らは赤里襖の中に住んでいるのだろうと言われている。人々は、地図の上だけでその土地の存在を知るのみだ。

赤里襖エリアには公共交通機関という概念が存在しない。紫想《しそう》エリアは隣接しているため徒歩で行くにも苦労しないが、黒淵《くろぶち》から行くことになったら骨が折れそうだ。

人家のない草木にまみれた道を通り抜けると、ようやく人の気配を感じられた。家が連なって小さな町の様相を呈している。地図によると、闇市があるのはこの辺りのようだ。戦前から残る古式ゆかしい外観の建物が舗装されていない道を見下ろすように並んでいる。街並みは暖色系の明かりに照らされていて、穏やかさと不気味さが同時に存在するような場所だった。

映画のセットみたいだな……。

レンジは街並みを興味深げに眺めながら歩く。

「あれ、人がいないな」

明かりのついた建物がこれだけ並んでいるにも拘《かか》わらず、誰も外を歩いていない。家屋のわずかに空いた引き戸の隙間からは、息を潜めて生活するような微《かす》かな人の気配を感じるが、どれも不気味で現実感に乏しかった。寝ているわけでもなさそうだ。

「赤里襖エリアってめったに来ないけど……相変わらず変な場所だな」

アオイは家並みを見渡して顔をしかめた。

「さっさと用を済ませて退散したいね」

「そうだな。レンジ、地図を見せてくれ」

「おっけー。はい、これ」

闇市までの道順が示された地図をアオイに渡す。

「えっと……なんだこれ」

その地図に分かりにくいところはなかった。

目の前の道と照らし合わせれば、脇道に逸《そ》れなければいけないのはこの辺りなのだが。

「ここを曲がる？」

レンジも改めて確認して目を疑う。

地図は、どう見ても一般の民家の中を通っているのだ。

「どうする、レンジ」

「うーん。誰でも来れるようになってるとは思ってないけど……違ったら嫌だな」

「聞くだけ聞いてみるか」

アオイはノータイムで民家の扉を叩《たた》いた。

「うおっ、躊躇《ちゅうちょ》なし」

家の中で衣擦《きぬず》れの音がした。

どうやらちゃんと人はいるらしい。何者かが床板を軋《きし》ませて室内を歩いてくる。

どんなヤンキーにも怯《ひる》まないレンジだったが、あまりにも不気味な雰囲気なので額には汗が浮かんでいた。ごくり、と唾を飲み込む。強いやつが出てくるよりも、気持ち悪いやつが出てきそうな雰囲気。

おばけみたいなやつに出てこられると、さすがにこっちも焦るぞ……。

中の人が扉の前に立ち、引き戸には影が映った。影は人の形を作っている。

ガラリ——と、戸がわずかに音を立てて四分の一開き程度の引き戸が半開き弱になった。

「ひっ——」

アオイは息を呑《の》んだが……すぐに安堵《あんど》する。

顔を出していたのは、薄汚れた老婆だった。

「なんだい」

「や、闇市に行きたいんですけど……」

レンジが言うと、老婆は怪訝《けげん》そうな顔をした。

「あんた、ヤンキーかい？」

「いや、違います」

「帰りな。誰にそそのかされたのか知んないけど、ここはあんたのようなクソ雑魚陰キャが来るところじゃないよ」

「ええっ」

レンジはショックを受けた。

老婆の言葉にむっとしたアオイは、レンジを横にやって老婆の前に立つ。

「お婆《ばあ》さんは元ヤンか？」

「見りゃ分かるだろ。元ヤンだよ」

「そうかー。さぞ弱いヤンキーだったんだろうなぁ」

「あんだと？　あたしゃ猫丘《ねこおか》区でも指折りのヤンキー校、黒淵《くろぶち》の出身だよ。あんたら知らないだろうがね、今じゃ古豪なんて言われてるけど、黒淵は昔そりゃとんでもない高校だったんだ。あたしも昔はSどころかトリプルSの最強に強いヤンキーだったんだよ。でなきゃ、赤里襖《あかりぶすま》に住めないばかりか、こんなところ任されないんだからね」

「私たちも黒淵だよ。婆さん、もうろくしたね」

「あん？　後輩かい？　いくら後輩でもこれ以上は許さないよ！」

「いいや、婆さんの方こそ雑魚だ！　レンジの強さを見抜けないんだからさ！」

老婆は開きかけだった引き戸を勢いよく開いた。

バチン、と木の割れるような音が上がり、引き戸はとうとう全開放して全開きになった。

「今の若いヤンキーは礼節ってもんを知らないみたいだねぇ！」

「ち、ちょっと待って！」

レンジは二人の間に体を滑り込ませた。老婆の方は今にも殴りかかりそうな構えだった。

「とりあえず、落ち着いてください、婆さん」

レンジが必死になだめようとする。

「陰キャだからって容赦しないよ！」

「あ、そうだ！　俺たち、紫想《しそう》学園の傲岸《ごうがん》さんからの紹介で……」

「紫想の傲岸!?　《天下逆上《てんかぎやくじよう》》の小僧の手先だったら、なおさら通せるかい！」

「ちょ、えぇっ!?　聞いてないぞ！　あの人、こうなることを知ってたな!?」

「レンジ、やっぱり闇市はこの先だ！　強行突破しよう！」

「やれるもんならやってみな！　うちの番犬はS級ヤンキー犬だよ！」

「番犬!?」

驚愕《きょうがく》するアオイに不意打ちをかけるかのように室内から三匹の柴犬《しばいぬ》が飛び出した。柴犬の体毛は黒く、よく訓練されていて動きも鋭い。鬼の形相にもS級の貫禄《かんろく》があった。

「おー、わんこだ。かわいいけど……アオイさんを襲うなら手加減なしだ」

レンジはアオイを横にやって陰キャベールを脱ぎ捨てる。

途端に噴き上がる強大な《邪気威《ヤンキー》》。

三匹の番犬はレンジの目の前で急停止した。

それは一瞬の出来事だ。

見事に訓練されているが故に己よりも強い《邪気威《ヤンキー》》には従順である。

しつけの行き届いた番犬たちは、レンジに向かっておすわりをキメて尻尾をぶん回した。

その顔は、もはや野生を失ったペットのそれだった。

「良い子だ……通してくれるよな?」

レンジが鬼の形相で見下ろすと、番犬たちは元気よく「ワン!」と鳴いた。

「これでよし」

嘘《うそ》だったかのようにレンジの《邪気威《ヤンキー》》が雲散霧消する。しゃがみ込むのに合わせて前髪がふっとすだれのように顔にかかった。犬たちに目線の高さを合わせると、レンジはにっと口の端を持ち上げる。手を伸ばし、体毛に触れた。

「ほーら、よしよし」

黒い毛並みは針のように硬かったが、東北の野良犬に慣れているレンジにとってはもふれないほどではない。

老婆は口をパクパクとさせていた。

「なんだい、こいつは……」

衝撃。陰キャだと思っていたやつが、突然、とんでもないヤンキーになった？

何が起きているのか分からなかったが、事実は目の前にある。

ようやく目の前の光景に理解が追いついた。

鍛え抜かれたS級ヤンキー犬であるはずの三匹が、こんな陰キャにガンを飛ばされただけで大人しくなってしまった。つまり、番犬は戦わずして負けたのだ。

招かれざる客でいまだかつて番犬を突破できた者は、一人しかいないというのに。

こいつは、いったい……？

「分かっただろ、婆《ばあ》さん。レンジは強いんだぞ」

「いやいや、俺はちょっと凄《すご》んだだけだよ」

ちょっと凄んだだけ？　そんなものが効くような育て方などしていない。こいつは正真正銘のバケモノだ。悔しいが、紫想《しそう》の傲岸《ごうがん》が遣わすだけのことはある。

「ふん。さっさと通りな」

「あれ？　いいのか？」

レンジはもふる手を止めて老婆を見上げた。

「どうせあんたらを通さないと、次は《天下逆上《てんかぎやくじょう》》の小僧が来るんだろ？　あんなやつ顔も見たくないよ。さっさと行きな。闇市は奥の扉の先だよ」

「そうか？　じゃあ、お邪魔します」

「じゃあなー、犬っころ」

アオイは言いつつ犬の頭を撫《な》でたが、「毛かたっ」バッと手を放した。

家に入ると土間が奥まで続いている。

レンジとアオイは土間を通り抜けて、奥の扉を開いた。


扉の先には表の景色と大差のない通りが続いていた。通りは隙間なく家屋の壁に囲まれていて、入口も出口も民家の中を通らなければ出入りできないようになっているらしい。

通りの端に陰気くさい商人たちが露店を構え、客が物珍しそうに商品を物色している。

表の通りよりは確実に活気がある様相だった。

「ここが闇市……」

アオイは口をぽかんと開けていた。

「アオイさん、闇市は初めて？」

「レンジは初めてじゃないのか？」

「東北にもあるからね。東北はもっと闇っぽかったし、規模も大きかったかな」

「さすが東北は違うな」

「たぶん、田舎なだけだよ」

レンジは地図を見た。

お目当ての商人は闇市の中程にいた。武器を扱う闇の武器商人らしく、色とりどりの拳銃《チャカ》が所狭しと露店に並べられている。

「ども。紫想《しそう》の傲岸《ごうがん》さんから頼まれて来たんだけど」

レンジが挨拶をすると、痩せ細って顔色の悪い男性店主は無精の髪をもさもさと掻《か》いた。

「あーあれだろ、ドローンだ。わりぃ、仕入れた分は全部売れちまった」

「え？　注文してたんじゃ？　取りに行くだけって聞いてたんだけど」

「色々と、手違いがあってな」

「手違いって……一、二台しか仕入れなかったのか」

「いやいや、三〇は揃《そろ》えたが全部売り切れだよ」

「三〇も一気に売れた……？」

「ほれ、見てくれ」

店主は自分の顔を指差した。つい最近できたような生々しい傷が目立つ。

「怪我《けが》？」

「やられちまったよ。あんなやつらに脅されたら売らないわけにはいかねぇ」

「誰にやられたんだ」

アオイが猫目を鋭くする。

「どこの組の者かはさすがに言えねぇよ」

「組？　ヤクザか？」

アオイの問いに店主は静かにうなずいた。

「すまん、諦めてくれ。うちも目をつけられたくないんでね」

「ヤクザがなんでドローンを三〇機も……」

「しかもただのドローンじゃないんだぜ。抗争にも使えるようなハイスペックな代物だ。だからまあ、次の入荷はちょっと時間がかかっちまう……」

「仕方ないな。傲岸《ごうがん》さんに伝えるよ」

レンジは渋々《しぶしぶ》受け入れた。

「わりぃな。次来たらサービスすっからよ」

商人は闇市に似合わない気さくな笑みで謝った。憎めない表情にレンジとアオイも毒気を抜かれてしまう。

おつかい一つまともにできなかったのは悔やまれるが、ないものを持ち帰ることはできない。長居も無用だったので、レンジとアオイはすぐに闇市を出ることにした。

来た家とは反対の家に入ると、中では中年の男が和室に寝そべっていた。一言「おじゃまします」と声をかけても返事はなく、レンジとアオイはそれ以上何も言わずに家を出る。

表の通りは闇市と違ってやはり人がいない。

「ヤクザがドローンを三〇機も何に使うんだろうね」

レンジが疑問を口にすると、アオイは目をぱちくりさせた。

「抗争じゃないのか？　商人も言ってたし」

「だったら別に猫丘区《ねこおか》で買わなくてもいいような」

「ヤクザだから一般の店で買うのも大変なんだろ」

「猫丘区外の闇市で買うこともできるはず」

「たしかに……。もしかして、ヤクザの拠点は猫丘区か？」

「ヤクザって猫丘区にもいる？」

「あんまり詳しくないけど、一組はいるって聞いてる。ほら、前に会っただろ」

レンジは立ち止まった。

「そうか、あいつらが……」

ヤクザが一組しかいないとしたら、シマ争いのような抗争は起こらないはず。

だったら……ヤクザはハイスペックなドローンなんか買って何をするつもりなんだ？

とりあえず、モンジュに報告だけでもしておこうとスマホを取り出したときだった。

通りに人影が三つ現れた。

レンジは反射的に注視する。

感じられる《邪気威《ヤンキー》》からして一般人ではない。歩き方、警戒するような視線、片手を懐に入れる仕草、身につけている服装は赤里褄《あかりぶすま》エリアの雰囲気に反して羽振りの利いたものので、暖色の明かりに照らされると異様な姿として目に映る。結論、彼らはカタギの人間ではない。

「アオイさん」

「ああ……ヤクザだな」

「関わるとめんどくさそうだ。闇市に戻ろう」

「おっけー」

レンジとアオイは踵《きびす》を返した。

「おい、そこの二人」

ドスの利いた声だ。

「ま、そうなるよなぁ」

闇市に逃げ込んだら他の人に迷惑がかかる可能性もある。なにせ相手はヤクザだ。周りを巻き込んだときの被害は想像するだけでもめんどくさそうだ。レンジは諦めて両手を挙げた。アオイもそれに続く。

ヤクザ風の男三人が寄ってきた。

「名乗れ」

「安室《あむろ》レンジ」

レンジは即答した。自分の名前なんて安いものだ。先に名乗っておけば、アオイを名乗らせなくて済むかもしれない。そのためにも即答は大事だった。

「安室レンジ……どこかで」

「おい、こいつまさか、あいつじゃないか」

「卯飼《うかい》さんが言ってたやつなんじゃ……！」

男たちは口々に言い合った。

卯飼？　レンジは記憶を海馬のドリルで掘り起こす。砕け散った記憶と記憶が繋《つな》がり、一つの名前が脳裏に浮かび上がった。

「丑三《うしみつ》鬼門會《きもんかい》……？」

「こいつ、やっぱりそうだ！」

レンジは嘆息した。余計なことを口走ってしまった。

――チャカッ。

男たちが懐から拳銃《チャカ》を取り出してアオイに突きつけた。三つの銃口がアオイを狙う。

「女の頭を腐ったポモドーロにされたくなけりゃついてきな」

「……ふむ」

レンジは慌てなかった。もちろんアオイの方も慌てていない。たしかに拳銃《チャカ》は脅威だが、武器を扱う男は決して手練《てだ》れではない。それでも、隙を見せれば体には風穴が開くだろう。

アオイはニッと笑った。

S級ヤンキーの喧嘩《けんか》としては相応《ふさわ》しいリスク。

修行中の喧嘩スタイルを試すならちょうどよさそうな相手だ。

「レンジ、私に任せてくれないか」

「いいけど……大丈夫？」

「もちろん」

「ごちゃごちゃ喋《しゃべ》ってんじゃねぇぞ！」

アオイはじわりと《邪気威《ヤンキー》》を放出する。

相手は腐っても元ヤンだ。速さを求めたいつものスタイルでは、一発で拳銃《チャカ》を落とせない可能性がある。しかし三つの拳銃《チャカ》をほとんど同時に落とさなければ、相手に撃つ隙を与えてしまう。

速さを望めば威力が落ちる。威力を求めれば速さが落ちる。大事なのはバランス。

速さを必要最低限まで――たたき落とす！

予備動作なしで腕を振り上げた。

「なっ――」

振り上げた腕は突きつけていた拳銃《チャカ》を宙に弾《はじ》き上げる。

いける。

残りの二人は慌てて引き金を引こうとしたが、重心を落としたアオイに気づいて寸前で止めた。一発撃てば二発目までに時間がかかる。敵もまったくの雑魚ではないし馬鹿でもない。踏み込んだアオイを銃口で追い、必殺の一撃が突き刺さる一瞬を窺《うかが》う。

しかし、そんな瞬間を与えるつもりはない。

「イメージは、トキコさんの一発――」

狙いを拳銃《チャカ》から敵の意識に向け直した。一発で彼方《かなた》までぶっ飛ばす！

アオイは男の眼前に飛び込み、沈み込んだ。

「はぁっ！」

体重を乗せた一撃が、男の土手っ腹に叩《たた》き込《こ》まれる。

「――がはっ」

男は持っていた卑劣な飛び道具を手放した。意識は飛ばせないまでも武器を飛ばせたのなら及第点。

あっ。

残りは一人――その男は、吹っ飛んだ敵の後ろで拳銃《チャカ》を両手で構えて立っていた。

銃口がアオイの眉間を狙っている。勝ち誇った笑みが、男の顔に浮かび上がった。

「死ね」

完全に油断した。速さを落としすぎた。敵をぶっ飛ばすほどの力を拳に乗せたせいで、相応のふんばりを下半身にも課してしまった。おかげで次の動作に移るのが遅くなった。

これが、私の課題なのか。

命のやり取りでようやく痛感する弱さ。乗り越えなければいけない弱点だ。

赤里衾《あかりぶすま》の町に銃声が轟《とどろ》いた。

完敗。負けた。終わった……。

「はいはい、残念でしたっと」

「………レンジ？」

地面を銃弾が穿《うが》ち、砂埃《すなぼこり》を上げていた。あの一瞬でレンジは男の持っている拳銃《チャカ》の銃口を地面に向けていたらしい。

「くそっ……！」

ヤクザ風の男は拳銃《チャカ》を諦めてレンジから距離を取った。

「どうなってやがんだ……つえーじゃねぇか！」

残りの二人も体を押さえながら距離を取る。

「お前ら……俺たちに手を出したこと、後悔させてやるからな」

典型的な元ヤンの捨てゼリフである。男たちは痛みも忘れて脱兎《だっと》の如《ごと》く逃げていった。

どさっ、とアオイがその場に尻もちをつく。

「くっそー……勝てなかった」

「仕方ないよ。相手は銃を持っていたんだから。それに腐っても元ヤンだしね」

「でも……ああっ、あんなチンピラと変わらないやつに負けるなんて！　ぐぬぬぬ……まだまだ私も修行が必要ってことか」

「でも成果は出てたんじゃないかな」

「本気で言ってる？」

「えーっと……」

アオイにじと目を向けられてレンジは戸惑う。

「本当のことを言うと、微妙かな」

「やっぱりそうだよなぁ……《邪気威《ヤンキー》》のコントロールとか上手《うま》くいってる感覚なかったし。明日からまたAIトキコさん相手に修行しないと」

「そういえば、あのあとAIトキコさんには勝てたの？」

「ぜんっぜん！　ボロ負けだ！」

「まあ、目標があるのはいいことだから。引き続き頑張っていこう」

「おう、ありがとな、レンジ！」

アオイはやりきった後の爽やかな笑顔で応じた。

いちいちかわいいな……レンジは目を逸《そ》らし、照れ隠しにスマホを取り出す。

「さて、電話電話……っと」

「あ！　なんでドローン買い占めたのか聞けなかった！」

「そういえば。忘れてたね」

通話が繋《つな》がった。

『安室《あむろ》レンジか。無事に闇市には辿《たど》り着《つ》けたか？』

闇市に門番がいることをあえて言わなかったからこその口ぶりだ。

「おかげさまで苦労はしたけどね」

『そうか。それはよかった。千辛万苦《せんしんばんく》。このような困難も糧になるだろう』

「実は別の困難があって」

『辿《たど》り着《つ》けたのではないのか？』

「いや、辿り着けたんだけど……ドローンはヤクザに買われてたんだ」

『なに？　ヤクザだと？』

「どうする？」

『買われたものは仕方ない。手に入れようがないから戻ってきてくれ』

「区外で探してみようか？」

『いや、大丈夫だ。また改めて注文しよう』

「了解」

　レンジは電話を切った。

「よし、戻ろうか、アオイさん」

　アオイは地面に接地した臀部《でんぶ》を払って立ち上がる。

「帰ったら修行だ！」

　猫の目を爛々《らんらん》と輝かせていた。

「いや……さすがに寝た方がいいと思うよ。休息も大事」

「ぬぅ……」

　威勢を削《そ》がれてアオイは消沈する。おあずけを食らった猫のように小さくなった。

　スマホを確認するとそろそろ日付が変わろうかという時刻で、レンジはあくびをした。

　帰ったらシャワー浴び直して深夜アニメ見て寝よう。

トピック　オタ活定期報告

カチコミル
kachikomiru

始まりの終末
新しいイラストアップしたので、よかったらコメントください

暁に吼える銀狼
終末殿のイラスト、素晴らしいですな

暁に吼える銀狼
遅すぎた勇者の英雄譚は小生も好きな作品でして

暁に吼える銀狼
ヒロインの名シーンを切り取っているのは
実にハイセンスです

始まりの終末
ありがとうございます！
やはり遅すぎた勇者の英雄譚は最高です

始まりの終末
ヒロインのキャラも魅力的ですが、
CV花井ハルカは最高ですね

暁に吼える銀狼
ええ……分かります。
実は花井ハルカに関しては詳しくてですね

暁に吼える銀狼
実のところ、関係者と言っても過言ではないのですよ

始まりの終末
ま、まさかマネージャー！？　それとも同業者とか！？

暁に吼える銀狼
いやいや、そんな大層なものでは

暁に吼える銀狼
ま、ちょっとした腐れ縁とでも申しておきましょうか。ははは

始まりの終末
羨ましい限りです。
業界人ならイラストを見る目も確かですね

始まりの終末
よかったらまたコメントください

暁に吼える銀狼
もちろんです。楽しみにしています

マジカルピンキー
むむむ？　腐れ縁～？

暁に吼える銀狼
ははは、今日はこれにてどろん

●第四章　過ぎ去った過去からのカチコミ

黒淵《くろぶち》大修行大会、束の間《つかま》のオフ。

その日は連日のトレーニングによって痛めつけられた体を労《いたわ》り尽くす日だった。

アオイがこれ幸いと連絡した相手は、黒淵高校に転校してきたばかりの愛怒流《アイドル》声優だ。

曰《いわ》く。

遊びに行こう！　カチコミだ！

連絡を受け取ったハルカは震え上がった。

カチコミ……なんとなく意味は理解しているものの、自分がいったい何に巻き込まれようとしているのか想像もできなかった。遊びに行こう。その隠語が何を意味するのかハルカにはまだ分からなかった。かと言って誘いを断るわけにもいかない。

黒淵高校においては、数少ない会話ができそうな同性の生徒である。桜川《さくらがわ》スイの方は話しかけると「あ?」とガンを飛ばしてきてシンプルに怖いし、高校生らしい青春を謳歌《おうか》するためにはアオイと仲良くするのは最優先のプロジェクトだった。

あ、仲良くするっていうのは、脅すとか手下にするとか利用してやるみたいな意味ではなくお友だちになろうっていう意味で、あ、お友だちになろうっていうのは顎で使ってやるとかお前はこれからパシリだとかサンドバッグにしてやるみたいな意味ではなく仲良くしようっていう意味で、あ、仲良くしようっていうのは以下略。

『わぁ～、カチコミ～！　すっごく楽しみだよぉ～！』

『スイも連れて行くから、よろしくな！』

ハルカは頭を抱えた。二対一である。

絶望的な状況を打破するためにスマホのボタン一つで親衛隊を召喚できるように準備を整えた。いざという時が果たして何回訪れるだろうか。一、二回で済んだら嬉《うれ》しいな。

前日、ハルカは祈りながら眠りについた。

そしてアオイに連れられてカチコミをキメたのは、喧嘩《けんか》都市に燦然《さんぜん》と君臨するヤンキー御用達《ごようたし》の癒やしスポットだった。

「猫……カフェ……」

ハルカは怯《おび》えに目を見開いて店の面構えを凝視した。

「そう、猫カフェだ！」

見る者を恐怖させるような満面の笑みがアオイの顔面を支配している。

猫カフェという隠語が何を意味するのかハルカにはまだ分からなかった。喧嘩都市という荒れ果てた地で傷一つなく営業できる店が、普通の猫カフェなわけがない。猫カフェとは仮の姿で、伝説のヤンキーが束になって中に詰めていると言われれば納得がいくほどだ。

「さ、入ろう」

「あ、あのぉ……スイちゃんは？」

「あぁ、遅れてくるよ」

どういう意味!?　まさか、消したんじゃ……？

「ほら、早く入ろう」

もしも店内がヤンキーにまみれていたら親衛隊を呼べない可能性がある。

ハルカは試されていた。お前は私を信用しているか？　と、暗に問われているのだ。

ていうかなんでこの人、私に絡んでくるんだろう……。Ｓ級ヤンキーっていうやつなんだよね？　強いヤンキーなんだよね？　もしかしてお金？　最悪、お金さえ出せば逃がしてもらえる？　こんなことなら現ナマたっぷり持ってくればよかった……。いざという時はクレジットカードを渡して許してもらおう。クレジットとは信用のことである。

ハルカは決意を固めた。キリッと鋭い目つきで猫カフェを睨《にら》む。

「ハルカ、入店します」

「そうこないとな！」

アオイに続いて猫カフェにカチ込む。

「しゃっせー」

清楚《せいそ》な格好のウェイトレスの挨拶は気だるげだったが、アオイの顔を見るなり、店内の全ウェイトレスがすかさずびしっと背筋を伸ばした。

「あ、アオイのアネキ！　お疲れさまです！　ラ・シャーセ！」

「ラ・シャーセ！」

その挨拶なんなの!?

ハルカはひっくり返りそうだった。ウェイトレスの言動はどう見ても舎弟のそれである。

「なんか悪いなー。今日もよろしくな！」

「うっす！　っしゃぁっ！　VIPルーム開けろやァ！」

VIPルーム!?

その隠語が何を意味するのかハルカにはまだ分からなかった。

かけ声一つでウェイトレスたちは目にも留まらぬ速さで散った。

店の奥からゴゴゴゴ……とおよそ猫カフェには相応《ふさわ》しくない音が聞こえてくる。重い扉が開かれる音だった。

どうしよう……とんでもないところに連れて行かれようとしてる……。

「こちらへ」

ウェイトレスは有無を言わせぬ雰囲気を纏《まと》っていた。アオイはニッコニコで後をついていく。今すぐ逃げ出せばまだ間に合うのではと思っていたハルカだったが、背後を別のウェイトレスに固められていた。

「どうぞ」

「……はい」

ウェイトレスに夜露死苦《よろしく》されてハルカは渋々《しぶしぶ》歩を進める。

いつの間にか周りには猫たちが集まっていた。

「あ、気をつけろよ。こいつらヤンキー猫だから」

「ヤンキー猫!?」

「手を出さなきゃ大丈夫だけど、ミスったら殺されるぞ~ははは」

ミスったら殺されるって何ぃぃぃぃ！

ここから先は間違ったことをしたら殺すってこと？　脅された？　私、今脅されたの？

もう限界！　今すぐ親衛隊を呼ばないと！

ハルカはスマホを取り出した。

猫たちがすかさずハルカに鋭い視線を向けた。

ひぃぃぃぃぃぃぃぃぃぃぃぃ！

猫たちは餌が出てくるものだと思ってガンを飛ばしていたのだが、ハルカにとってはスナイパーが向けるライフルの照準に等しい。スマホを操作した瞬間に撃ち抜かれることだろう。ハルカは涙目でスマホをしまった。

重い扉を抜け、さらに暗い廊下を歩き、とうとうＶＩＰルームに辿《たど》り着《つ》く。

ＶＩＰルームは襖《ふすま》の和室だった。

「どうぞ、ごゆっくり」

バシッ、と襖が閉じられる。ウェイトレスは案内を済ませて去っていた。残されたのはアオイ、ハルカ、そしてヤンキー猫の大群である。店内の実に九割の猫がＶＩＰ会員のために集結していた。

その部屋は小上がりに畳が敷かれていて、靴を脱いで上がるシステムとして機能している。無駄に広い和室の真ん中には黒光りする豪奢《ごうしゃ》なテーブルが置かれていて、明確に上座と下座という概念が存在していた。

上座は最強に強いネコ科の動物を描いた掛け軸を背にする仕組みになっている。

靴を脱いだアオイは、躊躇《ちゆうちよ》なく上座に座った。もちろん、アオイはただお誕生日席に座りたいだけだったのだが、ハルカの目には上下関係をまざまざと見せつけられたように映っていた。ハルカは緊張に震える手でやっと靴を脱ぎ、なんとかアオイの対面に座る。

無駄に距離がある。ヤクザの会合のようだった。

このヤンキー……裏組織のボスとかなんじゃないの……？

「何飲む？　私はアイコにしようかな」

その隠語が何を意味するのかハルカにはまだ分からなかった。

「わ、わたしもそれで」

とりあえず、同じものを注文しておけば毒は入っていないだろう。

「じゃ、とりあえず飲み物だけ注文しようか」

シュバッと襖《ふすま》が開けられ、ウェイトレスがカチ込んだ。

「何になさいましょう」

「アイコ二つで」

「しゃす。アイコ二つ、承りました。以上で？」

「以上で」

「しゃす。少々も待たせませんので」

バシンと襖《ふすま》が閉められた。

ウェイトレスが消えるなりアオイは「ふぃ〜」とくつろぎ始める。すかさず猫たちがアオイの周りに集まり始めた。

「ほら、ハルカもこっち来いよ。愛《め》でようぜ」

「わ、私はいいかな……ちょっと体調が……」

「大丈夫か？　どうせ他の客は来ないし、寝転がってもいいぞ」

他の客は来ない!!

助けを呼んでも来ないぜという絶望的な状況で悪役が口にする常套句《じょうとうく》だった。もはや親衛隊を呼ぼうとしていたことはバレていると言っていいだろう。こうなればもうやけくそだ。人生最大の選択ミスを犯したのだから、もはやタダで帰れるとは思っていない。愛怒流《アイドル》声優としてここまでやってきたプライドもあるが、役に徹するつもりで挑むしかない。

生き残れ、私！

ハルカはすっと立ち膝になった。猫に癒やされている最中のアオイにすり寄っていく。

「はぁーやっぱり猫って最高だよなぁ」

猫は「にゃん」と返事をするかのように鳴いた。アオイにもふられている猫もいれば、逆にアオイをもてなすように猫パンチをかましている猫もいる。にゃんにゃんにゃんと引っ切りなしに鳴く姿は猫たちも同様にやけくそなのかもしれない。

ハルカも生き残るためにヤンキー猫と同じ行動を取った。

「にゃんにゃんにゃんにゃん……」

「ハルカ!? どうしたんだ！ おかしいぞ、大丈夫か!?」

「にゃんにゃんにゃんにゃん……」

涙目の瞳の奥は虚《うつ》ろ。ヤンキー猫にも劣る猫パンチをアオイの肩にちょこちょことかましていた。それが生き残る唯一の方法に違いないのだ。

「どうしよう、ハルカがおかしくなってる……」

バチィンと襖が開けられた。

「お持ちしました」

ウェイトレスが運んできたのは猫用の餌と、とっくり、そして盃《さかずき》である。ハルカはそのラインナップを目にするなり震え上がった。

「にゃあああああ！」

「ハルカ!?」

「お注《つ》ぎします」

ウェイトレスがとっくりを傾け、盃を黒い液体で満たしていく。

「ひぃぃぃいいいい！」

「大丈夫か、ハルカ！ ほら、水分！ 飲んでくれ！」

アオイはハルカの頭をがっしりと掴《つか》んだ。

「いやあああ！　飲ませないでえええええ！」

「あ、ごめん！　自分で飲みたいよな」

「なんなのこれぇ……」

「見ての通り、コーヒーだぞ」

ハルカはきょとんとした。

「コーヒー？」

たしかに漂ってくる香ばしいにおいはコーヒーのそれだ。

アイコ。アイス、コーヒー。

なるほど、アイコである。

「あはは……」

二つ目の盃《さかずき》にもアイスコーヒーが注がれた。

「ごゆっくり」

バシン。ウェイトレスは去っていった。

「乾杯」

ハルカが盃を両手で持つと、すかさずアオイが自分の盃をぶつけてきた。そのまま、アオイはぐびっと一息に飲み干し、ぷはぁー、と美味《うま》そうに息を吐いた。

それを見てハルカもごくりと決意を飲み下す。

「ええいっ、ママよ！」

盃を呷《あお》った。

香ばしさのファーストインプレッションが口に入るなり芳醇《ほうじゅん》でフルーティーな香りに七変化して喉を流れ落ちる。それは緊張にまみれた唾液を洗い流して余りある量だった。

愛怒流《アイドル》声優の声帯が震えた。

「おいしぃ……」

ふぅーと長いため息と共に全身の力が抜けていった。倒れるように横になると、ヤンキー猫が頭の下に滑り込んで枕と化した。人間の急所である首筋はヤンキー猫に押さえられた。恐らくいつでも殺せるという意思表示だろう。でも、もう疲れてしまった。こんな状況で飲まされるコーヒーが、これほど美味《おい》しいとは思わなかったのである。

突然、襖《ふすま》がもの凄《すご》い勢いで開けられた。

「……あんたら、何やってんだ」

部屋の前に立っていたのはスイである。

「……終わった」

ハルカは死んだふりをキメた。

その後、様子のおかしいハルカはスイに事情を察せられて散々馬鹿にされたのは言うまでもない。そして、アオイの爆笑を誘ったのだった。

「私、殺されるかと思ったんだよぉ」

「ヤンキーを何だと思ってんだ」

スイは完全に呆《あき》れていた。

アオイは笑い疲れた後、猫に餌を与えて癒やされているところだった。

「ハルカって普段はどこで遊ぶんだ？　愛怒流《アイドル》は色々大変そうだけど」

「うーん。普通にカフェで甘い物食べたり、ゲーセンで遊んだりもするよ」

「へぇー！　今度はハルカが遊ぶところに連れて行ってくれよ」

「いいねぇ。スイちゃんも行く？」

「私は行かねぇよ。猫丘《ねこおか》区を出るのはめんどくせぇし」

「猫丘区にはないの？　ゲーセンとか、カフェとか」

「あるとしたら青火《せいか》エリアだな。ヤンキーに占拠されてそうだけどな」

さすがにヤンキーに占拠されたゲーセンで遊ぶ気にはなれない。

「私とレンジはわりと区外にも出てるから区外でも気にしないぞ」

「レンジって、安室《あむろ》レンジ？」

「私の彼氏な！　見た目は陰キャだけど、つえーんだよ」

「付き合ってたんだねぇ」

「そうだ、区外に出るんだったらレンジも連れて行っていいか？」

「うん、もちろん」

「やった！　レンジ、きっと喜ぶぞ～！」

アオイが喜ぶと猫たちもニャーと歓声を上げた。

その光景を見てハルカはふっと笑みをこぼす。なんてことはない。普通の猫カフェの光景じゃないか。ちょっと部屋がVIPで猫たちがヤンキーなだけだ。自分はいったいどんな幻想に取り憑《と》かれていたというのか。ハルカはようやく安堵《あんど》するのだった。

次は区外に遊びに行くと約束をしてその日は解散になった。

ヤンキーが絡んできていったい何が目的なのかと思ったけど……。

良い友だちになれそうだ。

○
「ということがあってだな」

その夜、レンジは電話でオタ友のコウに自慢していた。

今度ハルカと一緒に区外で遊ぶことになったのだが、さすがに隠しておくわけにはいかなかった。スキャンダルになってからコウに伝わるなんてことがあれば絶交の危機だ。

『お、俺は、推し、つまり、ハルカちゃんから遊びに誘われてるのか!?』

「まぁ、間接的に。今のところ、俺と、俺の彼女のアオイさんと、ハルカさんで三人」

『くそっ、裏切り者め！』

「あ、そんなこと言うなら今度の遊びはなかったことに」

『させるか！　絶対に俺も参加するからな！』

「自分から押しかけるのは違うって言ってたのに」

『誘われてるなら話は別だ！　こうなりゃ嬉《うれ》しくないわけがねぇだろ！』

「オタクの鑑《かがみ》に泥を塗るわけにはいかないしなあ」

『いいから呼べええええええ！』

「はいはい、分かったよ。じゃ、日程は追って連絡するから」

『楽しみにしてるぜ！　っしゃー‼　ハルカちゃんとダブルデートぉ～‼』

通話が切れた。

「なんか勘違いしてるような……まあ、いっか」


週末。都内某所。

売れっ子愛怒流《アイドル》声優のプライベートのため具体的な場所は関係者のみに開示されたが、レンジ、アオイ、コウ、ハルカの四人は限られた情報で無事に待ち合わせ場所に現れた。

今朝は雨が振っていた。しかし今は見計らったかのように雲が消えて晴れ散らかしている。水たまりがなければ、人々は雨が降っていたことなど忘れてしまうだろう。

「ほわあああああああ！」

待ち合わせ場所に遅れて来たハルカを一目見たコウはひっくり返った。

秋葉原《あきはばら》の裏路地で助けた時とは訳が違う。今日は遊ぶために集まっているのだ。

しかもファンにバレないように特徴的な桃色の髪は帽子で隠し、だてメガネで目元をごまかしている。つまり、今日は自分のために来てくれたと言っても過言ではない。もちろん、コウの中ではダブルデートということに脳内変換されている。

「ぇぇ……ひっくり返っちゃったよぉ……」

「あはは、面白いやつが来たな！」

ハルカとアオイがそれぞれ反応するのをレンジは苦笑して見守った。

「まあ、ちょっとだけ変わったやつだけど、あんまり気にしないで」

「おい、ダークネスファミリア・レンジ・安室《あむろ》！　俺のどこが変わってるんだ！」

「……そういうところだよ」

ハルカはともかく、アオイにダークネスファミリアなんて言葉は絶対に通じないだろう。

「レンジが強盗事件に巻き込まれていたなんてびっくりしたよ」

「うん。私が誘拐されそうになったところをレンジくんが助けてくれたんだよ」

「まあ、大したことしてないし、コウも一緒に戦ってくれたんだけどな」

「え、そうだっけ……？」

あの場にはコウもいたはずなのにちゃんと憶《おぼ》えてもらえていなかったようだ。

「俺は強いからな。今日もハルカちゃんのことは俺が守るぜ」

「わぁ～嬉しいな」

「守るようなことなんて起きないだろ。猫丘《ねこおか》区じゃないんだからさ」

アオイが脳天気にそう言うと、遠くからクラクションの音が聞こえた。

パトカーのサイレンの音が続いている。逃げる車をパトカーが追いかけているらしい。

逃亡車は、なんとハルカに向かってきていた。

「ひいい！」

「危ねぇ！」

さすがに直前で車の進路は変わったが、車は勢いよく水たまりを踏んだ。間に入っていたコウは背中ですべての水を受け止めた。

「大丈夫か、ハルカちゃん……」

「私は大丈夫だけど……」

「ああ、俺なら余裕だ。服なんて買い換えればいい」

「コウだったらハルカさんを抱えて避《よ》けた方が安全だったのでは……」

レンジは無粋な指摘をした。

「な、何言ってんだよ！　抱えるなんて、そんなことできるわけねぇだろうが！」

「あはは！　本当に面白いやつだな！」

アオイさんはコウの言動がツボに入ったのか、ことごとく笑ってしまう。さらにそれを見てハルカが苦笑するというサイクルだった。不毛だ。

「とりあえず歩こうか。ここにいるとまた車が来そうだし」

レンジの提案で一行は街に繰り出していく。

近くのファストファッションブランドの店で店員に嫌な顔をされながらもコウの着替えを買って退店した直後だった。店の前に種々雑多な男たちがぞろぞろと集まってきた。

「何の用だ」

コウは真剣味を帯びた表情を顔に張り付けてハルカの前に立った。

先頭に立つ男は二メートルを超える巨躯《きょく》を備えた筋骨隆々の一般人だった。その肉体はドーピング済みで、立ち姿は一通りの格闘技を経験した者に宿る貫禄《かんろく》を持ち合わせている。

「お前らみたいなクソガキが、なんでその人と一緒にいるんだ？」

男の偉そうな物言いでハルカが気づく。

「この人、親衛隊の……中でもちょっとヤバい集団のリーダー。通称、急進派だよ」

その言葉に大男の顔がパッと華やいだ。

「覚えて頂けているとは！　光栄です、ハルカたん！」

ハルカの頰《ほお》が引き攣《つ》った。印象は最悪で、褒めたつもりはなかったのに。

「とても仲間には見えないぞ。ストーカーの間違いじゃないのか」

アオイは男を睨《にら》みつけた。

「ストーカー？　それはこのチビのことだろう」

「あ？　俺だってハルカちゃんのファンだ」

嘲笑を浮かべながら見下す男をコウは睨み返す。

「親衛隊の暗黒黙殺《あんこくもくさつ》の掟《おきて》を破ってデートしてるやつがファンを名乗るな！」

「……そういうことか。男の嫉妬は醜いぜ。暗黒黙殺の掟を破ってハルカちゃんのお忍びの休日に付き纏《まと》ってるのはどっちだよ」

「うっ……うるさい！　我々はボディガードをしているだけだ！」

「ボディガードなら俺一人で十分だ。証明してやる。かかってこいよ」

「だったら、俺たち全員を相手にしてみろ！　勝った方が筆頭親衛隊員だ！　かかれ！」

夥《おびただ》しい数の急進派隊員が一斉にコウに飛びかかった。

「えぇ!?　こんなところで喧嘩《ラフコメ》!?　ま、負けないで！」

ハルカは声を上げてしまった。直後、群がる急進派をひらりと避《よ》けるコウの姿に安堵《あんど》したが、大男がすぐに体勢を整えてコウに向き直っている。

男はニチャァと微笑《ほほえ》んだ。彼はハルカの声を自分に向けられた声援だと判断したらしい。

「ハルカたんの美声……くくく……愛する人の声援で俺の拳は強くなる！」

「腐れ勘違い野郎が！　今のは俺に向けた声援だ！」

「黙れ！　ポッと出のにわかファンが！」

大男が渾身《こんしん》のアームストロングを振るった。しかし、コウはその拳を静かに受け止める。

ポッと出のにわかファン……？

「馬鹿言うんじゃねぇよ。こちとら旧版の『遅すぎた勇者の英雄譚《たん》』でデビューした当時七歳のハルカちゃんの才能に惚《ほ》れ込《こ》んでここまで生きてきてんだよ。俺だっていつかハルカちゃんを守る時が来ると信じて己を鍛え上げてきたんだ。他の愛怒流《アイドル》に目もくれず、たった一人を推してきた俺にポッと出のにわかファン呼ばわりとはいい度胸だな」

掴《つか》んだ拳を万力のごとく握りつぶしていく。

「ぐっ、あああッ、お、俺のハルカたんは、誰にもやらねえええええ！」

「本音がダダ漏れだぜ、木偶《でく》の坊《ぼう》！」

大男の右手を利用してコウは飛び上がった。前のめりによろめいた大男の遥《はる》か頭上で回転。その後頭部目がけて放たれるのは――――かかと落とし。

「――――がはッ」

決着は一瞬だった。大男の顔面はアスファルトにめりこんでゴム毬《まり》になった。

「俺はハルカちゃんのためなら、いつでも駆けつけるぜ。さあ、まだやる気のあるやつは、まとめてかかってこいや！」

残っていた急進派隊員たちは、蜘蛛《くも》の子を散らすように逃げ出していった。

「お前らの想《おも》いはその程度か!?　推し力が足りねぇな！」

コウの圧勝だった。ハルカは目をぱちくりさせた。

……え？　強くない？　強すぎじゃない？

あっさり返り討ちにしちゃうし、ここまで強かったの……？

「ありがとう、コウくん！」

ハルカは駆け寄ってコウの手を取った。

「ほわあああああ！」

コウはひっくり返った。

しかもちょろい！　だめだよ、ちょろすぎるよ！　ヤンキーちょろい！

私の魅力ならいつかストーカーが現れるのは分かりきっていたことだけど、コウくん一人いれば親衛隊員何人分になるんだろう。

ふっふっふ……これで向かうところ敵なし。本当にボディガードしてもらおーっと。

「コウくん、これから筆頭親衛隊員として、よろしくねっ！　……くふふ」

コウは目を回してひっくり返っている。

レンジとアオイはハルカのほくそ笑む姿を、うん、うん、と微笑《ほほえ》ましく見守っていた。

突然、パトカーのサイレンが聞こえてきてコウは飛び起きた。

「アラームか!?」

「寝ぼけないで！　とんずらかますよ！」

ハルカの宣言で一行は人混みにカチ込み、何事もなかったかのようにデートを始めて休日の一般人に紛れるのだった。

手始めにクレープ屋だ。

客に即決を許さない複雑怪奇であらゆるテイストに対応したカラフルなメニュー表が四人を待ち受けていた。

「えー、どれにしよっかな」

ハルカはメニュー表を眺めて目を輝かせる。

しょっぱい系もいいけど、やっぱりここは甘い系だよね。どっちも食べたいなぁ。でも、一つ食べたらおなかいっぱいになっちゃうし……。あ、期間限定！　これにしよっ。

「いちごとベリーラッシュのカスタードスペシャルで！」

「じゃ、私はそれを二つだな」

「えっ」

何食わぬ顔で追随するアオイにハルカはびびり散らかした。二つ……？

「レンジはどうする？　三つ？」

「いや、同じの三つはちょっと……。俺はシンプルにツナカレーチーズとエビアボカドベリーラッシュにするよ」

なんでデフォで二つ注文しちゃうの!?

「俺は……」

コウはメニュー表を穴でも開けるかのような眼光で睨《にら》みつけた。

ヤンキー二人が二つ注文してんのに、ここで普通のクレープ二つなんて腐抜けた真似《まね》はできねぇ。特にレンジ。お前にだけは絶対に負けられるか。

「三種のサラダ肉、爆弾プリン、四種クリームのフルーツミックス。これでターンエンドだ。俺は三つでいくぜ、ダークネスファミリア・レンジ・安室《あむろ》」

「へぇ、結構食べるね」

「そのリアクションは違うよねぇ!?」

「ご注文確認しまーす」

女性店員は注文を撤回させまいと早口でオーダーの確認を開始した。


クレープを食べ終えると、コウは言った。

「カジノ行こうぜ!」

「カジノ!?」

「いいね、私も一度行ってみたかったんだよな」

「東京はカジノも堂々と営業してるんだ。気になるな」

「本当に行くの？　カジノに……？」

ハルカの抗議も虚《むな》しく、次の行き先は多数決で決められた。

アミューズメントカジノと呼ばれる賭博要素を排した遊び目的のカジノである。照明を抑えたオシャレな雰囲気の店内では、一般人がルーレットやポーカーなど定番のゲームに興じている。四人はポーカーの卓についた。

「どうしよっかな～」

入店するまで怯《おび》えていたハルカもゲームが始まればハンドを眺めてニッコニコだった。

「おい、ディーラー。お前今、カード入れ替えただろ」

「えっ」

コウの指摘にハルカは驚いた。カードを配置するディーラーの手元を注視していたが、まったくそんな風には見えなかったのである。

「入れ替えたな」

「二枚やったね」

アオイとレンジも口々に指摘する。

「バレてしまいましたか。では、これならどうでしょうか」

ディーラーは素速くカードを置き直した。

ハルカはぽかんと口を開けた。ディーラーさん、開き直っちゃったよ……。

「話にならねぇな。バレバレだぞ」

「これなら?」

「おっ、いい線いってる。お前、私たちの仲間にならないか?　ヤンキーの才能あるよ」

「恐縮です。では、これでどうでしょう」

「見えてる……けど、良いカードを置いてくれたな。それで進行しよう」

レンジは満足そうに頷《うなず》いた。

「あの……なんか、もはや別のゲームになってない?」

ハルカが恐る恐る指摘すると、ディーラーの微笑《ほほえ》みが返ってきた。

「こういうものです。相手次第では」

「私、一般人なのに……。私の知ってるポーカーじゃないよぉ……」

その後はヤンキー三人の圧勝かと思われたが、愛怒流《アイドル》の豪運により、なぜかハルカの連勝に終わったのだった。


デートの終わりはカフェにカチ込んだ。

パフェを食べながらカフェインをキメているうちに外は暮れていった。

そろそろ解散の時だ。

名残惜しいが、駅に向かって歩いている。先を歩くハルカとアオイの後ろで、レンジとコウは小声で密《ひそ》かに反省会をしていた。

「レンジ……今日の俺、もしかして空回りしてなかったか？」

「いつものダークネスファミリア・レンジ・安室《あむろ》はどうした……。まあ、悪くなかったんじゃないかな。結局、みんなが楽しめるのが一番なわけだし」

「くそっ。無難すぎる評価じゃ意味ねぇ……今日という一日に賭けていたというのに……」

「コウくん！」

駅に着いて、ハルカが唐突に振り返った。

「お、おう」

「今日はすっごく楽しかった」

「本当か⁉」

「私、小さい頃から声優やってるから。なかなか友だちと遊ぶことってなかったの。だから、今日みたいに遊んだのは初めてかも。一般の高校に転校してきてよかったよぉ」

「なんと」

それは、ハルカの偽らざる本心でもあった。

「声優のおしごとは大好きだけど、普通の青春にも憧れがあったんだ。だって、アニメで演じるキャラの方が私よりもずっと青春してるんだもん」

「高校は普通に通ってたんだろ……？」

「前にいた高校はちょっと特殊で、みんな競争ばっかりだったから」

周りを埋め尽くす人間は、競争相手。もしくは、親衛隊だ。

うっかり口を開けば魅力に取り憑《つ》かれた親衛隊が出来上がるような生活をしていたのだ。

並の一般人ではハルカの魅力に堪《た》えられない。そのため友だちと言えるような人はいなかった。

「ハルカちゃん。だったら、俺が友だちになってやるぜ。って、畏れ多いけどな……」

ヤンキーは強い。魅力は通じているように見えるが、決して魅力に取り憑かれることのない普通のファン……いや、これなら友だちと言っていいだろう。

「ありがと、コウくん。ボディガードもお願いね！」

コウは面食らった。友として認められたばかりか、直々のお願い……？

「ほわあああああああ！」

コウはひっくり返った。

「え、コウくん!?　大丈夫……？」

ハルカは心配そうにしゃがむ。待ち合わせ場所に来たときはドン引きしていたのに、ハルカの方も一日ですっかり変わってしまった。

アオイとレンジはその光景をニヤニヤと見守っている。

「レンジ、作戦成功だな」

「あ、バレてた？　二人をくっつけよう作戦」

「今日は私もレンジと一緒に一歩退《ひ》いて見てたからさ。これはこれで楽しいな」

「どうなることかと思ったけど、無事に仲良くなれたみたいでよかったよね」

「ま、やっとスタートラインってところだけどな。ヤンキーへの道はまだまだ険しいぞ」

「えっと、アオイさん……？」

「なんてな。さて、帰るか」

「びっくりした……」

ハルカをヤンキーにされてしまってはたまったものではない。

夕陽《ゆうひ》が街にカチコミ始め、四人は眩《まぶ》しさに手庇《てびさし》を作りながら駅に吸い込まれていった。

その様子を街の喧騒《けんそう》に紛れて見ていた者がいるとしたら、それは元ヤンに他ならない。

「十分な情報は揃《そろ》ったな」

「そうだな」

ヤクザのタッグだった。今日一日、レンジたちが遊んでいるのを監視していたのである。

「やつら、そのまま帰ったようだが」

「まさかS級が二人も集まって楽しく遊んで仲良く帰りましょうなんてことがあるのか？」

「あるけど？」

ヤクザの二人はぎょっとして振り返った。

そこには、今しがた駅に入っていったはずの陰キャが立っていた。

「お前、どうして……」

「俺、一回ヤクザを返り討ちにしちゃってるからさ。いや、赤里襖《あかりぶすま》のやつも含めれば二回か。ドローン三〇機も買うとか派手な動きがありそうだし、狙われてるとしたら俺か黒淵《くろぶち》かなーと思って、遊びにかこつけて街に出てきてたんだよね」

「いったい何を言っているんだ……」

「ふむ……これを言ってもピンと来ない、か。卯飼善吉《うかいぜんきち》だっけ？　親分じゃないのか？」

「どうしてその名前を……！」

あいつの子分だとしたら、名前を出した時点で俺が安室《あむろ》レンジだってことに気づくはずだよなぁ。でも、卯飼善吉の名前は知ってる、と。しらばっくれてる可能性もあるけど、今のリアクションは本気だな。

「泳がせてみたんだけど……なんか、当てが外れた気がするな」

レンジは一歩どころか二歩退《ひ》いて行動していたのである。

「バレてたって言うのか……？」

「どうしてバレてないと思ったんだ？」

「くそがっ……」

ヤクザの二人は拳銃《チャカ》に手を伸ばした。

「こんな街中で使うつもりかよ」

「ぶっ殺してやる！」

「ふーむ。ハズレだったな」

レンジは目にもとまらぬ速さで二人に拳を落とした。

拳銃《チャカ》を抜くまでもなくあっさりと二人はその場に伸びる。レンジが通行人を装うと、周りの人からは急に二人の男が倒れたように見えるはずだ。

「なんでもかんでも拳銃《チャカ》を持ち出すなよ……これだから元ヤンは嫌いなんだ」

レンジの独り言が、夕焼けと共に街に溶けていった。

○

辰和田《たつわだ》の事務所の廊下を子分が歩いていた。うっかり走ろうものなら発砲される。幾度となく撃たれて脅された子分は、火急の案件で全力疾走したい衝動をぐっと抑えて静かに廊下を進んだ。辰和田《たつわだ》がいる事務室をノックする。

「入れ」

「うす」

入室を許可された。子分は頭を下げながら部屋に入る。手に持っているのは、以前と同じような資料の束だった。

辰和田は執務椅子にどっしりと腰をかけている。おなじみの龍《りゆう》柄マスクはしっかりと彼の顔半分を覆っていた。

「例の件か？」

「それも含め、三件ほど」

「多いな。悪い報《しら》せから話せ。端的にな」

「では……悪い報せから。ドローンを仕入れたのが黒淵《くろぶち》のヤンキーにバレていたそうです」

「ほう。黒淵？　なんで黒淵のヤンキーなんかにバレてんだ」

「分かりません。赤里襖《あかりぶすま》エリアにいたそうですが」

「命知らずがいたもんだな。どっちにしろ、紫想《しそう》にはバレるはずだった。作戦が洩《も》れてないなら何の問題もねぇ。例の件を話せ」

「分かりました。デスエコを潰した女の名前は、花井《はない》ハルカで確定しました」

「それは朗報だな。女自身はバケモノだったのか？」

「愛怒流《アイドル》声優でした。親衛隊は持っているものの、本人はヤンキーではないです」

「それでもリーダー的存在ってところか。利用価値は高そうだな。もう一件は何だ」

「威風《いふう》カズマの件です。調査結果ですが、威風カズマには身寄りがありませんでした」

子分は持っていた資料を差し出した。

「威風カズマ……ああ、調査しろって言ってあったか」

辰和田は受け取った資料をめくる。

「青火《せいか》エリアの施設出身……月華寮《げっかりょう》……ん、月華寮だと？」

「ご存知《ぞんじ》で？」

「ふん、こいつはおもしれぇぞ。この施設はな、俺が昔ぶっ潰したところだ」

「施設を……ですか」

「あぁ。色々あってな。威風カズマ……あん時のガキか。こんなところで見つけられるとは、俺もずいぶん運が良いみてぇだな」

マスクの下で、辰和田はニチャアと裂けんばかりに口の端を持ち上げていた。久しぶりに古傷が疼《うず》くようだった。

「ぶっ壊してやる」

辰和田の唸《うな》るような声に子分は冷や汗を垂らした。

こみ上げてくる怖気《おじけ》にごくりと唾を飲み下す。

このヤマはタダじゃ終わらねぇぞ……。

子分はかつて見たことのない辰和田の姿にそんな未来を確信した。

○

煌々《こうこう》と輝く月が夜空にカチ込んでいた。

緑織《みどりおり》の自然の中から見上げる月はいつだって目映《まばゆ》い。

昼間降った雨によって作られた水溜《みずた》まりが、緑織の無目的グラウンドに溜《た》まっている。

鏡のような水面は月を映し、月光を反射して華が咲いたようだった。

明かりを消したプレミアムプレハブ小屋の一室。

カズマは窓の桟に足を伸ばして座り、風流な景色を眺めてセンチメンタルしていた。

唐突に重い扉をドアノッカーで叩《たた》く音がする。

「手紙が来ています」

「……こんな夜中に。入れ」

愚民が扉を押し開けて部屋にカチ込んでくる。

「ご苦労」

手紙を受け取ると、愚民は「失礼します」と言ってすぐに退室していった。

カズマは封をされた手紙を破いて中をあらためる。

「ふん……典型的な果たし状じゃないか。ついに、見つかってしまったのかな……」

まったく、趣味が悪い。手紙にするようなことじゃないだろう。

これを知っているということは、ずっと昔に関わった人物ということだ。

否応《いやおう》なく思い出してしまう。

威風《いふう》カズマというカリスマのバケモノが生まれてしまったきっかけを。

果たし状には、こう書かれていた。


捨てられた子ども。


物心ついたときには既に不気味だと言われていた。

その子どもに近づくと寒気がしたり、触れると震えが止まらなくなったり、ひどい時には声を聞くだけで目眩《めまい》や吐き気がすると言われていた。泣き出したときは手に負えず、周りの大人たちは彼の望むものを何でも与えなければいけなかったという。

不気味な子ども、悪魔の子。

そう言われた子ども時代だった。

両親は早々に彼の育児を放棄し、現代のスラム街と揶揄《やゆ》されることも多い猫丘《ねこおか》区に捨てた。今でこそアッキTVによって区内の実情が伝わり喧嘩《けんか》都市としての評判が広まっているが、当時は珍しいことではなかった。猫丘区に子どもを捨てれば、世間は事件にしない。

ひっそりと社会から一人の人間が消え、猫丘区に新たな無法者が生まれるだけである。

捨てられた子どもを預かる施設は青火《せいか》エリアに多い。

カズマが育った月華寮《げつかりよう》もその内の一つだった。

施設には大人も子どももいたが、カズマは不気味な子と罵られ、誰からも遠ざけられた。こいつは危険だ。人々の本能が、理性が、そう判断したのである。

カズマは孤独になった。

しかし、そんなカズマに唯一優しくしてくれた人がいた。

「あなたは、きっとすごい人になるよ」

彼女の名前はユイと言った。施設の職員だった。花が咲いたような優しい笑顔を振りまく人で、口ぶりには妙な自信と説得力があった。事あるごとに、きっとすごい人になると言う。幼い日のカズマは、それを何度も何度も否定した。

「僕は嫌われてるよ」

「みんなあなたのことを知らないだけよ。人と違うってことは、素晴らしいことなんだから。あなたは特別な人間なの。きっといつか、あなたを認めてくれる人が現れるわ」

そう、言ってほしくて。前向きな言葉が欲しくて。だから、否定を繰り返していた。

そんな子どものちょっとした企《たくら》みは、大人にはすっかりバレていたことだろう。それでも、ユイは騙《だま》されたふりをしてカズマを励まし続けたのだ。

「うん……！」

その度にカズマは目を輝かせた。

「ユイさん、僕のこと好き？」

「ええ、好きよ」

「……へへ、僕も」

年相応の少年でいられたのは、彼女と一緒にいる時だけだ。彼女さえいれば、人に嫌われたってどうでもよかった。こんな施設にいても幸せでいられたのだった。

月日が経《た》ち、カズマは小学校を卒業した。

ますますぞっとするような雰囲気は強くなり、学校でも気持ち悪いと言われて友だちはできなかった。それでも学校に通ったのは、ユイが応援してくれたからだ。学校という苦痛の時間に堪《た》え、終われば走って帰宅する。ユイに会うために。施設で待っていてくれるユイの笑顔を見るのが、少年時代のカズマにとってはこの上ない幸せだった。

そんなある日のことだった。

施設に強面《こわもて》の男たちが出入りするところを目撃してしまった。

三人の男が我が物顔で施設の中を歩いていく。目の前にいる子どもを蹴散らし、震える大人を払いのけ、辿《たど》り着《つ》いたのはユイの部屋だった。

カズマはただ事ではない雰囲気を感じ取った。普段は走るなと言われている施設の廊下を全力で走り抜け、男たちが入った後の部屋に飛び込む。

「ユイさんに何をするんだ！」

部屋の中でユイは震えていた。

三人の男が振り返る。

「ほう、こいつはいい。素質だけで言えば、何年か前にオヤジが拾ったガキに匹敵するな」

そう言ったのが辰和田《たつわだ》だ。彼は当時、まだ龍柄《りゅう》マスクをしていない。

「一〇〇万、だったな。ほれ」

辰和田は束になった金をユイに向かって投げた。震える手で金を掴《つか》もうとしたユイだったが、その場に取り落としてしまう。ユイはカズマから隠すように慌てて拾い直した。

「あ、ありがとうございます」

カズマには何が起きているのか分からなかった。

「貰《もら》っていくぜ」

そう言って辰和田はカズマの腕を掴む。

「な、なんだよ」

「坊主〜、名前は？」

「なんだって聞いてんだろうが！」

「うるせぇな。中坊だったら察しろ」

「ふざけるな！」

察しろ、その言葉が重く心の奥に沈んでいく。ユイは金を受け取り、目の前のヤクザ風の男は腕を掴み、連れて行こうとする。

導かれる答えは。

カズマは理解することを拒否した。

辰和田の手を振り払い、スーツの懐に見えた拳銃《チャカ》を抜いて飛び退《すさ》った。ユイに背を向け、男たちと対峙《たいじ》する。

「てめぇ！」

「ユイさんは、僕が守る！」

拳銃《チャカ》に対する知識は少なかったが、撃ち方くらいは知っていた。撃鉄を起こし、銃口の先を辰和田の顔に向ける。

「おお、度胸も据わってやがる」

「死ね！」

「なっ――――」

銃声。

カズマは躊躇《ちゅうちょ》なく撃っていた。

初めて撃ったにしては上出来だった。弾丸は頭蓋骨をぶち破ることはなかったが、代わりに辰和田の口の横を頬《ほお》にかけて抉《えぐ》っていた。

「辰和田さん！」

血が流れ落ちた。辰和田は抉れた傷口を押さえてうずくまった。

「やりやがったな……」

「ユイさん、大丈夫!?」

「ひっ」

カズマが振り返ると、ユイは悲鳴を上げた。そこにいつもの笑顔や自信はなかった。

「大丈夫、僕が守るから――」

「もうやめて」

「え……？」

「もうやめて！」

「どういう……こと……」

「分かるでしょ？　君はついていかなきゃいけないの。今度からもっと美味《おい》しい物を食べて生活できるし、必要としてくれる人のもとで生活できるんだよ。もう孤独を感じなくて済むんだよ。私なんかより、ずっと必要としてくれる人たちと一緒に暮らせるの」

何を言っているのかすぐに理解することはできなかった。理解することを拒否したい。でも、他でもない一番大好きな人が叫んでいるのだ。

私はお前を必要としていない、と。

「いらないよ……美味しいものなんて食べられなくていい……誰にも必要とされなくていい……孤独なんて感じてない……全部、ユイさんがいてくれたから……これからもここで一緒に生活していこうよ。僕には、それだけでいいんだよ！」

「……ごめんなさい」

ユイは決して目を合わせない。札束を大事そうに両手で持っている。

「どうして……ユイさん、言ってくれたじゃないか。僕はすごい人になれるって。特別な人間なんだって！　ねぇ……僕はもう特別な人間じゃなくなったの？　ただの愚民にでもなったって言うの!?」

「いいえ……あなたは特別よ。特別な素質を持った特別な人間なのよ。でも、それは必ずしも善い素質とは限らないの。この世にはね、普通の世界に生きる人と、裏の世界に生きるべき人がいる。あなたは……こっちの世界の人間じゃないのよ」

――――ゴトッ。

カズマの手から拳銃《チャカ》が滑り落ちた。

「ユイさん……僕のこと、好き？」

カズマは震える声で聞いた。

これは嘘《うそ》なのだと、夢なのだと、間違いなのだと……ただ、否定してほしくて。

「ごめんなさい。あなたのことを好きだった瞬間は、一度もない。もう、堪《た》えられないの」

思えば、彼女は今まで一度も自分から先に否定したことなどなかった。

いつも、先に否定していたのは……僕だった。反対のことを言ってほしくて。認めてくれるような言葉がほしくて。ユイさんからも求めてほしいと思っていた。何か力になりたいと、ユイさんの人生にもっと関わりたいと、そう思っていたんだ。

ずっと、一方的に求めてほしいと望むばかりだった。でも、彼女は一度も――――。

「……そうか」

僕は、なんて愚かな人間だったのだろう。

その時、ようやく自覚した。自分が、特別な人間であるということを。

「……まずい、殺せ……」

辰和田《たつわだ》が呻《うめ》いた。脇にいたヤクザ二人は拳銃《チャカ》に手を伸ばそうとしたが、どういうわけか体がまったく動かない。

「なんだ、これ……」

「だめです、動かないです……」

「くそっ、遅かったか！」

カズマはユイに一歩近づいた。

「やめて、来ないで……！」

心底怯《おび》えたきった表情。不気味だと、悪魔の子だと、そう呼んでいた人たちとまったく変わらない本当の表情だった。

彼女は、仮面を作るのが上手《うま》いだけだったのだ。

カズマは歯を食いしばり、拳を強く握り、ユイを突き飛ばした。

「きゃっ！」

家具に当たって花瓶が転がり、床に落ちて甲高い音を上げて割れた。

ユイが取り落とした札束をカズマが拾い上げる。

「……一〇〇万、か。これが今の僕の価値」

「か、返して」

「悪いけど、貰《もら》っていくよ。しばらくは必要になりそうだし」

「だめ！　それは、私が何年も堪《た》えて、苦労して、やっと手に入れたお金なの……！」

「そうか……やっと分かったよ。仕事、だったんだね」

「返して！」

もういいよ。やめてくれ。

目頭が熱くなるのを感じた。カズマは歪《ゆが》んだ顔を隠すこともなく、部屋を出て行く。

きっとすごい人になる。そう信じて生きてきたのに。

だったらなってやる。すごい人に。特別な人間に。

カズマは部屋を出た。

廊下をゆっくりと歩いて行く。

溢《あふ》れ出る不気味な気配は自分でコントロールできるようになっていた。それこそがカリスマである。畏怖と恐怖は紙一重だったということだ。しかし、抑えても意味はなかった。施設の人々はその場に腰を抜かし、相も変わらず悪魔の子を見る目でカズマを見ていた。

後にした部屋から声が聞こえる。

「おい、クソアマ！　分かってんだろうな！」

「や、やめて……私は何も悪くない！」

「落とし前つけさせろや！」

「いやあああああああああ！」

もう戻ることはないだろう。

僕は、独りになった。

その後、月華寮《げっかりょう》はなくなったという。噂《うわさ》によると、ヤクザの手が加わったという話だが、真実のほどは分からない。

独りになったカズマは、青火《せいか》エリアの隣、圧黄《あつき》エリアに流れ着くのだった。


「まったく……僕はいつになったら特別になれるんだろうね」

幾度となく独りで見上げた月が、薄暗い室内を照らしていた。

恐らく果たし状はヤクザからのものだろう。ヤクザが殺すつもりでカチ込んでくるとしたら、さすがに絶対安全とは言い切れない。

その前に確かめたい。自分の本当の価値を。かつて仲間と呼んだ者たちの心の内を。

カズマはホットミルクを入れて六人掛けのテーブルに座った。各席にはティーカップが用意されてある。いつでもお茶会が開けるように。

「人の心の内なんて分からない。でも、僕たちはヤンキーだ」

拳を交えれば分かるかもしれない。

拳を交えなければいけない。喧嘩《けんか》をしなければいけない。

そうすれば、きっと――――。

トピック 無題

カチコミル
kachikomiru

雷鳴指揮官
誰かいないか

雷鳴指揮官
こんな夜中に何事かと思うだろう

雷鳴指揮官
ほら、今日は月が綺麗だろう？

雷鳴指揮官
緑織から見る月はいつだって綺麗だけど、今日は特別でね

雷鳴指揮官
特別……

雷鳴指揮官
同じ月を見ながら真夜中のお茶会というのはどうだろう

雷鳴指揮官
独りで眺める月よりもよっぽど意味があると思う

雷鳴指揮官
……本当に誰もいないのか？

雷鳴指揮官
どうした、愚民共。寝てるのか？　ここに王がいるぞ

雷鳴指揮官
ほらね。やっぱり、
僕は特別なんかじゃないし、すごくもない

雷鳴指揮官
ただの弱い人間だ

雷鳴指揮官
それを否定する人もとうの昔にいなくなってしまったよ

雷鳴指揮官
愚民共、僕に期待しすぎないでくれ

雷鳴指揮官
……なんて、つまらない冗談もこの辺にしておこう

雷鳴指揮官
さて、消してしまおうか。すべてを知っているのは、月だけだ

雷鳴指揮官
信じて待っているのは、もうやめてしまおう

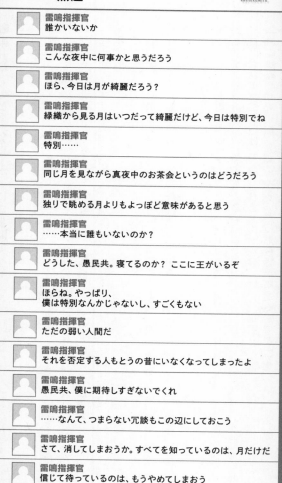

●第五章　一と全の全てが一になる時

晴天のヴァイオレットタワーに雷が落ちた。

ロビーのカウンター内でモーニングエスプレッソに現《うつつ》を抜かしていた受付嬢ヤンキーは、手にしていたカップをひっくり返してカウンターから飛び出した。正面の入り口にヤンキーの大軍勢が現れたのである。その数、ざっと見積もっても確実に一〇〇は超える。

「こ、困ります！　お引き取りください！」

「頭が高い」

「にゃっ」

侵入者の一振りで受付嬢ヤンキーは、その場にビターンと伸びてしまった。しかし、受付嬢ヤンキーたるもの並の《邪気威《ヤンキー》》では務まらない。重力に抵抗するように重い体を無理やり引き起こしていく。

「なかなかやるじゃないか」

「これでも、A級ですので。あなたは……威風《いふう》カズマ様、ですね」

「よく知っていたね。通してもらえないかな？」

「おカチコミのご予定は承っておりません」

「どうせ許可も下りないんだろう？　だったら勝手に通るまでだ」

「一応、ご用件をお伺いしてもよろしいでしょうか」

「宣戦布告だ」

「紫想《しそう》に、ということでしょうか？」

「いずれ紫想も。今は、黒淵《くろぶち》だ」

「でしたら……少々お待ちください」

受付嬢ヤンキーはカウンターに戻って内線を取った。繋《つな》いだのはザクラがいる修練ルームだ。電話先に二言、三言喋《しゃべ》った後、受話器を置く。

ゲートは開かれた。

「通ってもいいということかな？」

「第三九修練ルームのみ行けるようになっています。喧嘩《けんか》を始めた場合、凄惨な落とし前を付けさせていただきますので、ご注意ください」

「気をつけよう」

カズマは一〇〇人を超える愚民を引き連れてゲートを通った。

建築基準法を超越した巨大なエレベーターが、愚民共をすし詰めにして吸い込んでいく。箱の中で中央に立ったカズマの周りは、愚民の意地で円状に人一人分ほどのスペースが空けられていた。その代償に愚民は愚民の上に立つなどしているが、そのエレベーターは中でどんなことが行われても警報一つ上げないハイスペックなものだった。

静かに上昇し、扉が開く。

ぞろぞろとエレベーターを出て廊下を通り、第三九修練ルームへ。

中ではザクラが修行を中断したところだった。

内線で緑織《みどりおり》からのカチコミがあったという報告を受けて覚悟を決めた。カズマのやつなら一ヶ月待てない可能性もあると考えていたが、どうやらその通りだったらしい。

その修練ルームはモニターの置かれた部屋と、トレーニングをする部屋が一面のガラスで遮られている。ザクラはトレーニング側の部屋にいた。

修練ルームの扉が開けられ、ぞろぞろとヤンキーたちがカチ込んでくる。

カズマがトレーニング用の部屋に入ってくると、愚民たちは一斉にガラスに張り付いてザクラを威嚇した。

「……こいつら、多すぎんだろ」

「ザクラ、修行の調子はどうだい？」

「調子は良かったが邪魔されてるところだ」

「それはよかった。修行は終わりだ」

「まだ終わるつもりはない」

「いいや、終わりだよ。逆らうというなら黒淵《くろぶち》は一方的に潰す」

カズマが指をパチンと鳴らすと、ガラスに張り付いていた愚民たちは整列して《邪《ヤン》気威《キー》》を放出し始めた。

「……何があった」

「ザクラには話しても分からないことだ」

「急ぐ事情でもできたか」

「最初から待つ事情なんてなかったんだ。もしかして、逃げるつもりかい？」

「馬鹿を言うな。わずかな期間だが、黒淵は強化されている。吠《ほ》え面《づら》をかくぞ」

「それは楽しみだ」

笑ったカズマだったが、背を向けると張り付いていたのは哀愁だった。

「おい……カズマ、めちゃくちゃだぞ」

「めちゃくちゃ？　それは、冗談で言ってるのかい？」

「あ？」

振り返ったカズマの目は赤い。

「中学時代、愚民を捨てた僕に王になれと言ったのはお前だろう、ザクラ。もう一度、愚民を率いて王国を作れと言ったんだ。いつか《天下逆上《てんかぎやくじよう》》が戻る場所にしてくれとね」

「……あれは、忘れてくれ」

否定を望む幼い頃の自分が鎌首をもたげる。

「《天下逆上》は再び精鋭ヤンキーを舎弟にし、最凶のチームになって猫丘《ねこおか》区に君臨する。そう言っていたじゃないか。この話はどこにいった？　めちゃくちゃなのは、そっちだろう。どうして、ヤンキーのくせに喧嘩《けんか》もせずにこんなところに引きこもってるんだ」

俺が間違っていた、《天下逆上》を再結成しよう、その言葉が欲しくて。

「忘れてくれと言ったはずだ。俺たちが再び集まることはない。あれは、間違いだった」

しかし、ザクラが否定したのは、カズマが望む過去のザクラ自身だった。

肯定してほしいことを否定され、否定してほしいことを肯定される。

だとしたら、何を信じて生きていけばいいんだ？

カズマは俯《うつむ》き、口元に諦めたような微笑を浮かべた。

「ユイさん……この世の人間は、愚民か、僕か。二種類しかいないみたいだよ」

「あ？　何を言ってやがる？」

「僕たちは喧嘩《けんか》をしなければいけない。お互い分かり合うためにね」

ザクラは鋭い視線をカズマに向ける。

「どうやら……そうらしいな。まったく意味が分からねぇ。お前の目を覚ましてやる」

「できるものなら」

カズマはドアの横に立ち、壁に背を預けた。

「緑織《みどりおり》から手土産だ。強化された黒淵《くろぶち》と、どっちが強いかな？」

指をバシンと鳴らすと、ガラスの前にいた愚民たちが一斉にガラスに拳を打ち付けた。

修練ルームに震動が伝わる。ガラスにヒビが入り、破砕音を上げて破片が散らばった。

小さくなったガラスがザクラの足下まで滑っていく。

「緑織で待つ」

カズマはガラスの破片を踏みしめて去っていった。

「……ふざけやがって」

残されたザクラは、ただ拳を握りしめる。

○

才連《さいれん》コウは天井を見上げた。

一階からたっぷり五階までを吹き抜けた商業施設の天井はガラス天井で、晴天の空から夥《おびただ》しい量の紫外線がカチ込んでいた。

両手に持つのは無数の紙袋である。

今頃……カズマは宣戦布告に行ってる頃だろうなぁ。

筆頭ヤンキーのやることに文句を言う筋合いはないが、まだ猶予があるはずだったのにあまりにも急な喧嘩だ。コウの方は予定を変更するわけにはいかず、青火《せいか》エリアの商業ビルにカチ込んでいる。喧嘩までに間に合えばいいのだが……。

「コウくん！　次はあっちの店にカチ込むよぉ！」

「おう、任せろ！」

花井《はない》ハルカのボディガードという名の荷物持ちである。

開店と同時に朝から振り回されっぱなしだが、コウにとっては至上の喜びと言っていい。

まさか推しにここまで頼られる日が来るとは思っていなかった。一応、緑織のS級ヤンキーとして喧嘩には参加したいと思いつつも、優先するのは誰が何と言おうとハルカとのデートの方だった。

ストーカーとか来られても困るしな。

店を回っていくうちにコウが持つ荷物はさらに増えていった。

両手に抱える紙袋のせいですっかり視界が狭くなった頃、ようやくハルカは落ち着いて休憩用のベンチに座る。コウも持っている荷物を下ろした。

「あ、ちょっとここで待っててね」

「ん？　俺も行くぞ」

「いやいや、いいからいいから」

「なんでだ？　ボディガードは必要だろ？」

「お、お花に水やりするの！」

ハルカは顔を赤くして叫ぶと、人のまばらな施設内を走っていった。あまりの勢いに面食らってしまい、コウは立ち尽くした。

「……花の水やり？　それくらい俺がやってやるのに。緑織《みどりおり》の生徒は水やり得意だぞ」

まあいっか。

コウはどかっとベンチに腰を下ろす。特に疲労があるわけではないが、力を抜くというのも時には大事なことだ。この後に喧嘩《けんか》が控えているわけだし、体力はできる限り温存しておこう。コウは体を休めるつもりで目を閉じた。

しばらくしてハルカは用を足して出てきた。

直後、ハルカの視界と口は何者かによって塞がれる。

「ふえっ」

あっという間にプチプチの梱包材《こんぽう》で簀巻《すま》きにされて抱え上げられた。商業施設における典型的な業者を装った誘拐である。

「ハルカちゃん、おせぇな……」

業者風情は煽《あお》るようにベンチの後ろを通り過ぎ、白昼堂々、誘拐を成功させたのだった。

○

ヴァイオレットタワー内の第三体育館の使用予定表には、黒淵《くろぶち》大修行大会の名前が刻まれている。スタンド付きで声の響く広大な体育館には、既に黒淵のヤンキーたちが集められていた。ステージの上で筆頭ヤンキーである赤城《あかぎ》ザクラが集まった面々を見下ろしている。掃いて捨てるほどよくあるヤンキーの集会だ。

「少し早いが、緑織にカチコミをキメることにした。今、すぐにだッ！」

集まったヤンキーたちがざわつく。

「準備できてないとは言わせねぇ！　乗り込むぞ！」

――――おおおおおおおおおおお！

汎用ヤンキーたちはノリと勢いで雄叫《おたけ》びを上げた。

その光景をレンジは不思議そうに見ていた。

あまりにも不自然だ。わざわざ筆頭ヤンキー同士がカチ合って予定を組んだというのに前倒し？　相手に伝えていないとしたら、それはもう騙《だま》し討《う》ちに他ならない。ハジメならともかく、ザクラは騙し討ちなんてするやつじゃない。短い付き合いのレンジにもそれくらいは分かっていた。だとしたら……話はついている？

突然、レンジのスマホが着信音をまき散らした。表示された名前はオタク仲間のものだ。才連《さいれん》コウ。ちょうどいい。彼は緑織《みどりおり》のS級ヤンキーだ。

「もしもし？　なんか、喧嘩《けんか》することになったみたいだけど」

『んなことはどうだっていい！　ハルカちゃんがいなくなっちまった！』

「……いなくなった？　今、どこにいる？」

『青火《せいか》エリアの商業施設だ。名前は分かんねーけど、一番でけーやつ。俺がついていながら……くそっ、ボディガード失格だ！』

「落ち着いてくれ。いなくなったってどういうこと？　トイレとかじゃないのか？」

『トイレの個室は全部確認済みに決まってんだろ！』

……もちろん、女性の店員に確認してもらったんだよな？

『どこにもいなかったし、女の子が簀巻《すま》きにされて連れ去られるところを見たっていう証言がいくつもあった。誘拐される価値がある女なんてハルカちゃんしかいねぇ！』

コウの言葉はふざけているようにも聞こえたが、それだけ切実だということでもある。

何よりハルカは一度、誘拐されかけているのだ。デスエコは壊滅したものの、他にも誘拐を目論《もくろ》む組織がいたっておかしくはない。

「……今すぐそっちに行く」

レンジは通話を一方的に切った。体育館の扉を撥《は》ね飛ばして外に出る。廊下を走り抜け、非常階段を駆け下りて一階に到達。ロビーを神速で通り抜けるとゲートは反応しなかった。

タワーを出たところでレンジは立ち止まった。

前髪はすっかり噴き上がっているが、直しているような心の余裕はない。

微弱だが……《邪気威《ヤンキー》》の気配がある。

隠れているつもりか。それくらいの後ろめたさを持っているやつの方が、レンジにとっては見つけやすかった。

タワー正面に敷かれた道の脇には申し訳程度の自然が植え付けられている。樹《き》の陰か、茂みの中か。いずれにしてもいる場所はだいたい分かっている。

レンジは鬼の形相を向けた。

「三秒待つ。出てこなかったら殺す。三、二、殺す」

「ま、待ってくれ」

茂みから出てきたのは元ヤンのヤクザだった。

「なぜここに隠れていたのか言え」

「く、黒淵《くろぶち》の筆頭ヤンキーを待っていた」

「黒淵《くろぶち》？　俺は黒淵の生徒だ。用件を言え」

レンジが鬼の形相で凄《すご》むと、ヤクザは焦りを顔に浮かべた。

「て、てめぇらの女を預かった。返してほしかったら今すぐシマトリーを――ぐっ」

彼我の距離が一瞬でゼロになり、男の胸ぐらは締め上げられた。レンジが立っていた場所には摩擦で出来た跡が残った。

「慎重に言葉を選べ。シマトリーを、なんだ？」

「じ、辞退しろ……と、親分が」

「親分の名前は」

「辰和田晋《たつわだしん》」

「知らないな。辞退しなかったらどうするつもりだ」

「女を殺した後、こっちから潰しに行ってやる……と」

「そうか。最後の質問だ。ハルカさんをどこにやった？　言わなければお前らを組織ごと潰しに行ってやる」

「ふん、無駄……だッ」

レンジはヤクザのデコにデコピンした。それだけでヤクザの脳はぐわんぐわんと揺れた。

「最後のチャンスだ。言え」

「……あ、悪魔め。女は、緑織《みどりおり》山の八合目にある……廃山小屋にいる」

「本当だな？」

「嘘《うそ》を吐《つ》く必要は……ない」

レンジはヤクザを地面に叩《たた》き落とした。

「ぐはっ！」

「ハルカさんに手を出したら丑三《うしみつ》鬼門會《きもんかい》はなくなると思え」

「くく……」

「何がおかしい？」

「助けに行こうとしてるんだろ？　無駄だ。大人しく辞退しておけ」

「あ？」

レンジは凄んだが、ヤクザの方は少しでもやり返してやろうと必死だった。

「お前らが助けに行った瞬間、緑織のエリアごと爆破してやるんだからなァ！」

「爆破……だと」

「無数のドローンで全方位爆撃だ。居場所を知ったところで、お前らはもう何もできねえ！　助けに行くつもりなら、木《こ》っ端微塵《ぱみじん》になる覚悟を――」

レンジはヤクザを蹴散らした。

「ヤンキーをなめるな。絶対に助ける」

ふう、とレンジは息を吐き出す。

思っていたよりもまずい状況だ。一度、落ち着け。そう自分に言い聞かせて尖《とが》った前髪をなで下ろす。

スマホを取り出してコウに電話をかけた。

『レンジか？』

「ハルカさんの居場所が分かった」

『本当か！』

「緑織《みどりおり》山の廃山小屋って言ってたけど。八合目だったかな。知ってるか？」

『八合目の廃山小屋……あぁ、知ってる』

「シマトリーを辞退しろって言ってきた。助けに動けば緑織をエリアごと爆破するらしい」

『なんだと？　喧嘩《けんか》してる場合じゃねぇぞ！　今すぐ止めねぇと。俺はカズマに――』

「ダメだ、ハルカさんを助けられなくなる。大人数で動いたらさすがに勘づかれるだろ」

『まさか……シマトリーを辞退しないつもりか？』

「当たり前だ」

『おい、てめぇ！　ハルカちゃんがどうなってもいいのか！』

「ヤクザの言うとおりにして助かる保証があるのか？」

『……ねぇよ』

「だったら助けに行く以外の選択肢はないだろ」

『……そうだな。でも、喧嘩は止めなきゃだろ』

「止められたらいいけど……それより爆撃の方を止めてやろう。こっちは俺が止めるから、コウはハルカちゃんを助けに行ってくれ」

『……待てよ。お前、一人でやるつもりか。できるのかよ』

「ああ。そっちは一人で助けに行けるか？」

『……愚問だな。ダークネスファミリア・レンジ・安室《あむろ》、信じてるぜ。ハルカちゃんは絶対に俺が助けるから、絶対に爆撃を止めてくれ』

「分かってるよ。それじゃ、健闘を祈る」

『待ってくれ』

「なんだ？」

通話先に沈黙が落ちた。切れてるんじゃないかとレンジは画面を確認してみたが、通話時間は変わらずに刻まれている。再びスマホを耳に当てる。コウの息を吸う音が聞こえた。

『ハルカちゃんが今日買ったものは、俺の家に置いておくから。ハルカちゃんには自由に持っていけって言っておいてくれ。俺の家の場所は、威風《いふう》カズマにでも聞けば分かる』

「何言ってるんだ？　自分で伝えればいいだろ」

『爆撃があるだろ。いざという時には、自分の命と引き換えにしてでも俺はハルカちゃんを守るからな』

アニメでよくある戦争に行く前のセリフ的なやつか。レンジは思わず笑ってしまった。

「分かったよ。伝えてやるから。でも、もっと俺を信用してくれ。爆撃は止めるよ」

『そうだな。期待してるぜ、ダークネスファミリア・レンジ・安室！』

「コウの方こそ。じゃあ、また後で」

通話を切断し、レンジはヴァイオレットタワーを振り返る。

「さすがに、この状況からシンプルに喧嘩《けんか》をやめてくれって頼んでもな。聞いてくれるようなヤンキーやってないよな」

せめて喧嘩する場所を黒淵《くろぶち》にするとか。無駄かもしれないけど、ちょっとやってみるか。

『……ああ』

○

コウは全速力で緑織《みどりおり》エリアにある自宅に戻ってきていた。

緑織山の八合目にある廃山小屋……その場所は、緑織では別名を《処刑場》と言う。

緑織はかつて身取檻《みどりおり》とも表記された地名であり、罪人や闇の世界の住人に目をつけられた者たちが集められていた。

村人たちは表向きただの農家でしかなかったが、二軒に一軒は闇の世界に身を置く家だったと言われる。彼らは闇の世界で生き抜くために農業を通じて肉体の強靱《きょうじん》さを維持していたのだ。

彼らは罪人を決して村の外へは逃がさない。

緑織自体が檻の役割を果たし、彼らは番人として村の監獄を管理し続けた。

処刑が決まった罪人は、山深くに連れて行かれて殺される。その場所が八合目にある山小屋であり、今では誰も近づこうとしない忌避される過去なのである。

「ただいま」

開け放たれた縁側から靴を脱いで座敷に上がる。

ふぅ、と大きくため息を吐《つ》いた。

座敷には何周も型落ちしたブラウン管テレビが置いてある。

小さい頃から、祖母と一緒にこのテレビでアニメを見たものだ。ヤンキーたちがクソオタクと馬鹿にしてくるにも拘《かか》わらず、コウは決して自分の生き方を曲げなかった。


夏。

蝉《せみ》しぐれに負けないようにアニメを見るときは音量をめちゃくちゃに上げていた。

あれはそうだ、八年前の夏休みだった。

宿題そっちのけで毎日のようにアニメを見ていた。あの頃、一番話題になっていたアニメは『遅すぎた勇者の英雄譚《たん》』。当時七歳の少女がヒロイン役に抜擢《ばってき》されたことで賛否はありながらも話題性は抜群だった。

コウも同い年の少女がテレビの向こうで活躍しているという事実に衝撃を受けた。

『あなたは、私の英雄です！』

視聴者に訴えるような最終話の名台詞《めいぜりふ》は、八年後にリメイクした際にも変わらない名シーンとして扱われている。まだオタクとしてのレベルが低かった当時のコウは、顔を真っ赤にしてテレビにかじりついていた。

「英雄、やべぇ……俺もなりてぇ……」

その言葉を元ヤンの祖母は鼻で笑った。

「英雄が何か知ってるのかい？　ばーちゃんのじいさんの時代はね、戦争の時代だったんだ。若い男はみーんな戦地に送り込まれてね。それこそ敵の将を落とせば英雄と呼ばれたろうさ。でもね、たとえどんなヤンキーだって戦争に行きたい人なんかいなかったんだよ」

「……英雄になれるかもしれねぇのに」

「戦争で英雄になったって誰が嬉《うれ》しいんだい。一番活躍したのは名前も知らない兵士たちだよ。ばーちゃんのじいさんもこの名も無き兵士の一人なんだから」

「ばーちゃんのじーちゃんが名も無き兵士……」

コウはがっかりした。

「誰も知らない名も無き兵士だってね、ばーちゃんにとっては、じいさんが英雄なんだ。戦争だろうが何だろうが、いつだって誰かのために戦っている英雄がいるもんだ。みんなが英雄になれるんだよ。あんたも誰か一人の英雄になれれば、それで御の字なんだから」

コウの表情が晴れていく。

「なんだよ、すげぇじゃねぇか……俺もばーちゃんのじーちゃんみたいになる」

「そうかい。そりゃあ、良い心がけだ」

祖母は桐箪笥《きりだんす》を開けた。

「コウには良い物をあげようか」

「なんだ!?」

桐箪笥から取り出した物をコウの手に握らせる。それは、ちぎり取られた隊章だった。端には焦げた痕が残っている。

「なんだこれ」

「ばーちゃんの英雄が持っていた隊章だよ。生きた証《あかし》さ」

「うおぉ……大切にするぜ。これで俺も英雄になれるかな」

「なれるよ。だって、あんたはばーちゃんの孫なんだからさ」

祖母は、ニッと笑った。

コウは仏壇の前でしばらく手を合わせた後、経机におりんと並んで置かれている隊章を手に取って立ち上がった。

空は曇天。鳥の鳴き声が蝉《せみ》しぐれのように辺りに広がっている。もうすぐ雨が降るのかもしれない。

「行きます」

コウは仏壇に向かって最強に強い決意を口にした。

仏壇の前には、祖母の遺影が置かれている。

トピック　黒淵と緑織、喧嘩場所変更のお知らせ

始まりの終末
詳しい事情は言えないけど、
今すぐ喧嘩場所を黒淵の校庭に変更だ！

雷鳴指揮官
お前は何を言っているんだ？

雷鳴指揮官
喧嘩は緑織の無目的グラウンドで行う。変更なしだ

始まりの終末
ダメだ！　緑織から人を避難させてくれ……
王のお前ならできるだろ！

愚民A
誰だてめぇ！　我らが王に逆らうんじゃねぇ！

愚民B
ぶっ殺すぞ！

雷鳴指揮官
誰にだって間違いはあるものだよ。寛大な心で粗相を許そう

愚民C
感謝するんだな、愚民め

始まりの終末
くそっ……やっぱりだめか……

絶望遊戯
君が一人でなんとかすればいいんじゃない？　できないの？

始まりの終末
俺個人だったら、どうとでもなるけど……

絶望遊戯
もしかして、念のため、とか言うつもり？　面白いなぁ

絶望遊戯
いつからヤンキーにそんな中途半端が許されるようになったわけ？

雷鳴指揮官
絶望遊戯、彼はただのオタクだ。それ以上は酷だろう

絶望遊戯
あー、ほんとだ。なんか悪かったね。ま、頑張ってよ

始まりの終末
いや……俺が間違ってた！
黒淵と緑織の喧嘩、楽しみにしてるよ！

●第六章　決意の死地へ向かう決死の向こう側

あの日ぶっ飛ばした相手は、より強大な敵となって立ちはだかる。

緑織《みどりおり》の無目的グラウンドには、灰色の雲が立ちこめていた。

両校の汎用ヤンキーたちはハルカ率いるデスエコ掃討作戦のときからすっかり仲良くなっていて、個人的に連絡を取り合って集会をした者たちもいたようだった。

彼らは今日という日を待ち望んでいた。

シマトリーの時間内に行われる総力戦。勝った方が生き残り、負けた方は地図から名前を消す。真っ向勝負で一番分かりやすい紀元前から存在する喧嘩《けんか》のルール。生きるか死ぬかの喧嘩を前にして、汎用ヤンキーたちの顔に浮かぶのは鬼の形相だ。しかし、その鬼は笑っている。勝っても負けても恨みっこなし。この喧嘩は、そういう喧嘩である。

「ぶっ倒してやらねぇとな。いつまでも勘違いさせておけねぇ」

ザクラはグラウンドの端に控えるカズマを見てひとりごちる。

曇天に雨雲が流れた。

湿気を溢《あふ》れんばかりに含んだ湿り尽くした空気が緑織エリアに充満している。息を吸う度に口の中は湿り、肺は潤った。ヤンキーたちの叫ぶ準備が整った時、喧嘩場と化した無目的グラウンドに雷鳴が轟《とどろ》いた。

ザクラは大きく息を吸った。

「お前ら、修行の成果を見せてやれ！　黒淵《くろぶち》、進撃だ！」

――うおおおおおおおおおおおおおお！

　鬨《とき》の声《こえ》が天を突き破り、破裂した雨雲が大量の雨をぶちまけた。ヤンキーたちは全身をぶっ叩《たた》く雨に毛ほども意識を向けず真っ正面に走り出した。無目的グラウンドの中央で汎用ヤンキーたちがカチ合う瞬間、再び雷鳴と共に指揮官の声が戦場に響き渡る。

「集団幻想――カリスマ・オーラ・シフト！　愚民たちよ、王にその命を捧《ささ》げよ！」

　途端、黒淵の汎用ヤンキーたちは足を止めた。

「おい！　何やってやがる！」

　ザクラの声はもはや彼らには届かなかった。通常の何倍以上も《邪気威《ヤンキー》》を増大させるカリスマに魅せられた汎用ヤンキーたちは、ヤンキーの本能で舎弟として仕えるべき相手を直感で選び取る。たとえそれが相手陣営の敵将だとしても関係ないのだ。圧倒的な《邪《ヤン》気威《キー》》を目の前にしてカチ込む喧嘩《けんか》は無益。

　伝説のヤンキーがそうだったように、最強の前では戦わずして勝負が決する。

「お前ら、騙《だま》されるな！　所詮、見せかけの《邪気威《ヤンキー》》だぞ！」

　焦り散らかすザクラの姿は、汎用ヤンキーたちの目には、より滑稽に映ったことだろう。彼の声は雨音に紛れて遠ざかっていくばかりだった。

「クソがッ！　いきなり我を忘れやがって……。修行を思い出せ、お前ら！」

「ザクラ、そんなんじゃ届くわけないだろ」

アオイだった。雨で濡《ぬ》れた金髪の隙間から鋭い猫目が覗《のぞ》いている。

「あ？　お前だったら届くって言うのかよ！」

「ザクラ、秩序の作り方って知ってるか」

「なんだそりゃ。姉貴の真似事《まねごと》か」

「見てろよ。小さな秩序ってやつを作ってきてやる」

アオイは汎用ヤンキーの前に歩み出て行った。


修行期間の間、ＡＩトキコとアオイは喧嘩を続けていた。どれだけ挑んでも、どんなに喧嘩スタイルを変えても、ＡＩトキコに勝てるビジョンが浮かばなかった。なにせ相手は師匠であるトキコの喧嘩スタイルをインストールした最強のＡＩだ。オリジナルに劣るとはいえ、アオイにとっては強敵に違いなかった。

あまりにも歯が立たないので、一度、アオイはふてくされてＡＩトキコの前で大の字に寝転んでしまったことがある。スマホを手に取ってカチコミルを高速ブラウジングしながらサボり始めた。そんな時だった。アオイのアカウント宛にメッセージがカチ込んだ。

差出人はＡＩトキコである。

「はぁ!?」

飛び上がってＡＩトキコを見ると、彼女は笑うばかりだ。そのＡＩは、トキコの声帯を再現する術《すべ》を持っていなかった。一方でカチコミルにおけるトキコの過去のヒャッハー！はすべて分析済みだったのである
『アオイ、あんたの一発は確かに軽い。でも、その速さはあんたにとって最強の武器だったんじゃないのかい？』

「何言ってんだよ……どっしり構えて一発を重くしたら、遅くなるのは当たり前だろ。トキコさんの必殺技だって、速くないからあんなにつえーんだよ！」

『でも、常に遅いわけじゃない。アオイは、ずっと速すぎるんだ。不器用すぎるんだよ。あんたは速さの使い方も、《邪気威《ヤンキー》》の使い方も分かってない。もっと状況をよく見て、考えて喧嘩《けんか》しな。素質はあるんだからさ』

「……本物のトキコさんみたいなこと言いやがって」

クッション性の高い壁に向かってスマホをぶん投げた。スマホは壁に突き刺さった。

「っしゃあ！　やってやる！　いくぞ、ＡＩトキコさん！」

出しうる限りの最高速でアオイは突っ込んだ。

直線的な攻撃はＡＩによって楽々と予測されてガードされてしまう。その上、腰の入らない一発は軽く、ガードされてしまえばダメージは大したことがなかった。

やっぱりダメだ。でも、速さは最強の武器なんだろ？

一発が軽いこの攻撃を使えって言ってるんだ。使い方……なんだよ、それ。

もちろん攻撃の瞬間にちょっと止まって溜《た》めて殴るみたいなことは考えたけど、勢いもついてるし止まるのも大変だし、何より攻撃する時に止まっちまったら速くする意味がない。速さを活《い》かすには攻撃は軽くするしかない……。

「うおっ」

アオイはAIトキコの反撃を避《よ》けた。

あっぶね。ギリギリだった。ちょっとでも攻撃を重くしたら避けられなかった。一発を重くすると反撃が当たっちまう……。軽くしたら当たらないけど攻撃は弱くて……。

「って、あああああ！　堂々巡りだ！」

距離を取ると、AIトキコは追撃に来なかった。

「……いや、待てよ」

なんで相手は反撃できるんだ？

それは、私の攻撃が軽いから……だけじゃない。たぶん、速すぎるから殴りかかってきたところに合わせて反撃するのが一番効率がいいんだ。どうせ私の攻撃なんて防いでしまえば大したダメージにならない。だったら、飛び込んだところをガードできずに一発もらうよりは、待ってガードして反撃する方が有利に戦えるってこと……。

「そういうことか……。私、もしかして、相手がチョキ出してるところにパーでカチ込み続けてたんじゃないか？」

相手は、攻撃を受け止めて反撃するから一発を重くできるんだ。

だったら……。

「行くぞ、AIトキコさん！」

アオイは再び神速を纏《まと》って殴りかかった。しかし、その一発はいつも以上に軽い。

緑織《みどりおり》の軍勢に飛び込み、愚民に一発叩《たた》き込《こ》んだアオイはくるりと翻った。

「効かねぇなァ！」

カリスマで強化された愚民のガードは堅く、大したダメージにはならなかった。すぐさま反撃に転じてくる。

あぁ、効かないだろうさ。最初の一発は呼び水にすぎない。攻撃を重くすればするほど次の行動が遅くなるのだとしたら、軽くすればするほど次の行動は速くなる。速さを保つためにアオイは極限に一発を軽くしていた。

だから、愚民が反撃に転じる時、アオイは既に地に足を付けてどっしりと構えている。

今が好機と愚民たちが次々と飛び込んできた。

見える。今まで対峙《たいじ》してきた相手は、こうやって反撃していたのか。

拳を振りかぶったAIトキコは、もはやガードを作ることはできなかった。

「くらえええええ！」

神速によって生み出した次なる一手。

無の速さ。

足に一切速さを乗せない渾身《こんしん》の拳は、金髪のヤンキーにとって最も最強に強い一撃。

ＡＩトキコの土手っ腹に強烈な一発が叩き込まれた。

ホログラムがバチバチとノイズを走らせながら吹っ飛ぶ。素肌が見え隠れする訓練用のヤンキー人形にはヒビが入り、欠け散らかし、損傷にまみれながらクッション性の高い壁にカチ込んで壁画と化した。

アオイは荒げた息を整えることなく、振り抜いた拳をほどくこともないまま、憑《つ》きものが落ちたような表情で呆然《ぼうぜん》と壁を見ていた。

ＡＩトキコのホログラムが、とびっきりの笑顔を見せ、消えていく。

――やればできるじゃねぇか。

そんな声が聞こえたような気がした。

アオイが思いっきり振り抜いた拳は、飛びかかってきた愚民たちをまとめてぶっ飛ばした。弾丸のように飛んでいくゴム毬《まり》は、軍勢のど真ん中を突っ切って無目的グラウンドの端を目がけて転がっていく。雨を弾《はじ》きながら地面を何度もバウンドし、ゴム毬はカズマの足下まで辿《たど》り着《つ》いて止まった。

「アッハッハ！　やるじゃないか！　ようやく、本番だ！」

ゲリラ的にカチ込んでいた雨雲は脱兎《だっと》の如《ごと》く上空を流れていった。

陽光が差し込み、とっておきの一撃をぶち込んだヤンキーにスポットを当てる。

その瞬間、黒淵《くろぶち》は士気を取り戻した。

――うおおおおおおおおおおおおおおおお！

復活の雄叫《おたけ》び。汎用ヤンキーたちを魅了したカリスマは弾《はじ》き返され、黒淵の軍勢は再び緑織《みどりおり》の愚民共と向き合っている。

「アオイ、よくやった！」

ザクラが後方からアオイを労《ねぎら》う。

「ヤンキーは拳で語るんだよ！　明日から筆頭ヤンキーは私だな！」

「戯《ざ》れ言《ごと》は後にしろ！　仕切り直しだ。行くぞ、お前ら！」

虹のかかる無目的グラウンド。

喧嘩《けんか》の幕と火蓋がまとめて切って落とされ、両校のヤンキーたちは、ついにカチ合った。

○

ヤンキーたちの鬨《とき》の声《こえ》は森の中にも聞こえてきていた。

湿気まみれの道なき道をレンジは走る。

ドローンの数は三〇機だ。対して緑織エリアは広大なのだから全方位爆撃などという妄言はハッタリでしかない。冷静に考えれば分かることだが、念のため人を避難させようなど中途半端なことを考えていたら気づかなかった。

だとしたら、ヤクザの狙いは絞れてくる。

廃山小屋とヤンキーたちの爆撃だ。それ以外のところにドローンを落としたところでヤンキーのたむろする場所が荒れ地になるだけだろう。

廃山小屋はともかくヤンキーをピンポイントに爆撃するならドローンの操作は必須。ヤクザたちはヤンキーを確認できる安全な位置から狙うに違いない。

レンジの頭は冴《さ》えていた。

予測をもとに緑織の校舎の裏に広がる森にカチ込むと、微弱な《邪気威《ヤンキー》》を感じられたのだ。敵はヤクザでありながらも元ヤン。気配を辿《たど》れば見つかるはずだが……いかんせん、レンジにとってその《邪気威《ヤンキー》》は弱すぎた。まったく、どこにいるのか分からない。

森の中のどこかにいるはずなのに。

校舎の裏は高台になっていて、森が生い茂る場所を上れば、やがて緑織山に繋《つな》がる。森には傾斜があり、無目的グラウンドを見下ろせるような崖になっていた。

この辺りにいるのが一番ヤンキーの居場所を把握しやすいはずなのだが、見つからない。

レンジはため息を吐《つ》いた。

リアルタイムで喧嘩を見たいんだけどなぁ……。

「そろそろまずいな」

レンジは一度立ち止まる。

その崖の高さは緑織《みどりおり》の校舎の三階くらいで見晴らしは良く、無目的グラウンドでカチ合う汎用ヤンキーたちがよく見えた。崖崩れを起こしたことがあるのか、斜面はコンクリートの擁壁で固められていて、森はその上に広がっている。

点在するプレハブ小屋の屋根の上には、日頃からヤンキーがたむろしているらしく食べ物の残骸によって生み出されるちょっとしたゴミがポイ捨てされていた。たしかに崖の上からなら屋根に飛び降りやすい。ヤンキーは高いところを好むらしい。

見渡せる範囲にヤクザの姿はない。レンジは森を振り返った。

樹齢が古そうな背の高い樹《き》ばかりが立ち並ぶ。鬱蒼《うっそう》と茂った森の先には山が聳《そび》えていた。山まで行くと、さすがに遠すぎだ。あまり森の奥に入っても見晴らしは悪いだろうし……。

見晴らし？

「まさか」

歴史のありそうな森に聳える樹々は頑丈そうで、ちょっとやそっとでは折れないだろう。

レンジは《邪気威《ヤンキー》》を感知するために集中する。

微弱すぎてあまりにも感知しづらいが、漠然とした方向だけは分かる。

目を閉じて歩く。ここだ、と思ったところで目を開けるが、人の姿は見当たらなかった。

「さっきも来たけど、見つからないはずだよな」

目の前に聳えるのは巨木。

「ここだ！」

レンジはあまりにも太い巨木の幹に思いっきり蹴りを入れた。

「うおあっ！」

大地を揺るがす振動と共に頭上で声が上がった。

「声出すんじゃねぇ！」

「す、すみません！」

見上げると、樹の上には猿の如《ごと》くヤクザたちが揃《そろ》っていた。その中には龍《りゅう》柄のマスクをした辰和田《たつわだ》もいる。

「やっと見つけた……」

「陰キャ、だと？」

「見た目は関係ないだろ。お前たちの企《たくら》みを阻止する」

「やけに強い陰キャ……まさか、お前か？　アッキTVを潰したやつってのは」

「知ってるのかよ」

「そうか……安室《あむろ》レンジ、お前だな。余計な邪魔しやがって」

辰和田がレンジを見下ろす。

「安室レンジ、だとしたら？」

「だとしなくても回りくどいのは性に合わなくてな！　撃て！」

「また拳銃《チャカ》かよ……これだから元ヤンは——」

——ババババババババ！

無数の銃弾がレンジの足下を撃ち抜いた。

「ガトリングガン!?」

「ヤンキーに拳銃《チャカ》が効かねぇのは分かってんだよ！」

「なんてものを……！」

射出速度も弾数も拳銃《チャカ》の比ではない。ミニガンとも呼ばれる代物を改良しているようで、膂力《りょりょく》のあるヤンキーなら持ち運びできるタイプだ。だとしても、せいぜい迎撃用だろう。ヤンキーを潰す大本命はドローンのはず。急いで阻止したいが、頭上から雨と共に銃弾が降り注ぐ状況を切り抜けなければいけない。

改造ガトリングガンが再び火花を上げると、レンジは横っ飛びで銃弾を回避する。

樹《き》の上から撃つガトリングガンの射線は限定的。反動に耐えられる撃ち手のおかげでもある。避《よ》けるのは難しくないが、樹に上ろうとすれば撃たれてしまうし、巨木だから簡単には上ることができない。

「何かないか……」

「おい、まだ準備はできねぇのか！　早くしろって言ってんだろ！」

「はい！　今すぐに」

ドローンに爆弾でも載せてるところか？　枝葉に隠れてヤクザたちの手元が見えない。

「ん……？　そういえば、こいつらどうやって上ったんだ？」

元ヤン風情が道具なしに上れるとは思えなかった。

樹の反対側に回ってみると、当たりだ。ハシゴが立てかけられてあった。

「撃ち落とせ！」

「もう遅い」

鬼の形相。

ぎょっとしたヤクザたちの間、雨に濡《ぬ》れた太い樹の枝の上で、絶対的なバランス感覚で《純白の悪魔》は立っていた。

「こいつ、ただのヤンキーじゃないですよ……この顔、あの伝説の――」

「静かにしとけ」

レンジは喋《しゃべ》っていたチンピラの額をでこぴんで弾《はじ》いた。

「いっ――」

吹っ飛んで宙に放り出される。

「ぎゃあああああ！」

「さあ、次は誰からいくかな」

「最近のヤンキーは、どいつもこいつも……！」

辰和田《たつわだ》は拳銃《チャカ》を抜いたが、レンジは意に介さなかった。

「端からやるか」

樹《き》の枝の上でも《純白の悪魔》の動きは変わらない。

地上と同じように駆け、並のヤンキーでは認識できない速さで仕留める。

真っ先にガトリングガンを持ったチンピラが落下し、辰和田を残して他のヤクザたちは瞬《まばた》きのうちに樹から落ちていった。

「はっ、バケモノが」

龍柄《りゅう》マスクに隠れて表情は読み取れないが、悪態を吐《つ》く彼に怯《おび》えの色は欠片《かけら》もない。

「意外と呆気《あっけ》なかったな。これでお前らの計画は阻止したぞ」

「感謝するぜ、覇乱《はらん》ガウス」

「……何を言ってるんだ？」

「あいつに会わなきゃ、ここまで用意周到にすることはなかっただろうな」

レンジは脅すように《邪気威《ヤンキー》》を放出して拳を構えた。

それでも辰和田の纏《まと》う空気は勝ち誇ったものだった。

「俺の《邪気威《ヤンキー》》を辿《たど》って来たんだろ？」

「あまりにも微弱すぎて感知するのに苦労したけどな」

「抜かしやがる。まあ、てめぇみたいなやつがいると思って準備した計画だ」

辰和田はレンジに拳銃《チャカ》を向け、発砲した。

銃弾は湿った空気を貫いてレンジの眉間目がけてまっすぐ飛んでいた。腐ってもヤクザで幹部の地位にいるだけのことはある。狙いは正確だったが、銃弾がレンジを捉えることはなかった。レンジがいたはずの場所を通り抜けて空に消えてしまう。

レンジは姿勢を低くして辰和田の懐に入っていた。

素早く拳銃《チャカ》を蹴り上げる。手元を離れた拳銃《チャカ》は鋭く回転し、龍柄のマスクを切り裂いてぶっ飛んでいった。

バランスを崩した辰和田は樹の枝を踏み外し、宙に放り出されてしまう。

「残念だったな、ヤクザ。俺の勝ちだ」

マスクが外れ、辰和田の表情が露《あら》わになった。かつて銃弾で抉《えぐ》られた口の横から頬《ほお》にかけての傷は醜い痕になって残っていた。その顔が、勝ち誇った笑みで歪《いびつ》に持ち上がる。

「いいや、ヤンキー。お前の、負けだ」

宙に浮いた辰和田の——さらに後方。

ぶぉん、と風を巻き起こしてドローンが一斉に飛び上がった。

「——なっ!?」

こいつ自身が囮《おとり》だったのか!

これだけのドローンの操縦者を今から探すのは無理だ。どうせ《邪気威《ヤンキー》》を感じないようなチンピラが隠れて動かしているに違いない。

なるほど、ヤクザを見つけられるほどのヤンキーをおびき寄せたタイミングでドローンを飛ばせば、防ぐのは難しくなるという算段だったのか。

普通のヤンキーだったらこの時点で負けだったな。

「撃ち落としてやる！」

レンジは躊躇《ちゆうちょ》無く巨木を飛び降りた。

着地するのとほぼ同時に辰和田《たつわだ》が地面に落ちる。

「ぐっ……い、ってぇ……」

呻《うめ》く辰和田を無視してレンジは落ちていた改造ガトリングガンを手に取った。

見よう見まねでぶっ放す。

――ババババババババ！

弾丸は射出されてくれたが、さすがのレンジでも使ったことのない武器を使いこなすのは困難だった。こんな鉄やら鉛やらの塊よりも己の拳の方がよっぽど戦闘向きだ。

撃ち出された弾丸の一発が運良くドローンに当たった。

上空で凄《すさ》まじい爆発が起こり、連鎖的にドローンは爆《は》ぜ散らかした。

「やったか!?」

爆風を腕でガードしてやり過ごした後、視界に映ったのは空を背に悠々と飛んでいくドローンだった。数機が残り、無目的グラウンド目がけて飛んでいく。

「くそっ！」

この規模の爆発がヤンキーたちを直接襲ったらひとたまりもない。一機ならともかく、まだ連鎖爆発できるだけの数機が残っている。汎用ヤンキーの全滅を狙うには十分だろう。

レンジは改造ガトリングガンを抱え、無目的グラウンドに向かって全力の走りを見せる。

地面は抉《えぐ》れ、湿った空気は切り裂かれてひゅうひゅうと音を上げた。草木を避《よ》けながら走るレンジに対し、ドローンは最短距離を一直線に飛んでいく。

――間に合うか。

レンジが森を抜けた時、ドローンは既に無目的グラウンドの上空にカチ込んでいた。

ここで躊躇していたら終わりだ。レンジはドローンに向かって最短距離を駆け――

崖から空中に飛び出した。

「落としてたまるかあああああッ！」

空中でガトリングガンをぶっ放す。強烈な反動を己の《邪気威《ヤンキー》》と筋肉で無理やり押さえつけて地上と寸分違《たが》わぬ安定感で憎きドローンを狙った。

凄まじい音と共に無数の銃弾が宙を走るが、口径が小さくて軽い弾はブレる上に標的と離れすぎていて狙いが定まらなかった。

距離が遠すぎる！

ドローンはついにヤンキーたちが喧嘩《けんか》をする真上を捉えた。

「まだだ！」

レンジは着地するなり手加減なしに地面を蹴って走り出した。急角度な崖を斜めに走り、プレハブ小屋の屋根に飛び移る。屋根伝いに最速で校舎の外壁に到達し、屋上から飛び出して再び超高度からガトリングガンを構えた。今度はさっきよりも圧倒的に距離が近い。

下は地面。

落ちたら二度目のチャンスはない。

「いっけえええええええええええ！」

――――ババババババババババババ！

《寂光刹那《じゃっこうせつな》の境地》から見る銃弾の行方は、確かにドローン目がけて飛んでいた。

無数の可能性が空気抵抗に遮られながらドローンの手前で消えていく。

一発でいい。たった一発当てられれば、ドローンは連鎖的に爆発する。

絶対に落とすな。上空で爆発させれば、こっちの勝ちだ！

しかし――その願いも虚《むな》しく、ガトリングガンは空回りした。

「あっ」

弾切れだ。まさか、これを見越して装弾数をあえて抑えていたのか!?

まずい。終わったかもしれない。

残った可能性は撃ち出されている銃弾のみ。こいつらが当たってくれることに賭けるしかない。レンジは空中でガトリングガンを手放し、落ちながら祈った。

――――頼む。

空気が収縮していく〇・一秒の刹那。

一発の弾丸が、ドローンの積む爆弾を撃ち抜いていた。

「カズマアアアアアアアアアア！」

「ザクラアアアアアアアアアア！」

筆頭ヤンキー同士の拳がぶつかり合う瞬間、上空は連鎖爆発を起こした。

「一気に攻めろおおおおおおッ！」

アオイの怒号のような指示で汎用ヤンキーたちは再び鬨《とき》の声《こえ》を上げて進撃した。

両軍が残る力を振り絞ってぶつかり合う。

その大音声は、緑織《みどりおり》エリア全域に響き渡る。

辰和田《たつわだ》は地面に仰向《あおむ》けになりながら、凄《すさ》まじい爆発音とヤンキーの雄叫《おたけ》びで自身の計画の失敗を悟った。

「つざけんじゃねぇえええええええ！」

懐から取り出した無線機を握りつぶすかのような勢いで掴《つか》み、叫ぶ。

「人質をぶっ殺せ――――!!」

○

指示を受け取った子分が、拳銃《チャカ》をハルカに向けた。

かつては拷問や処刑が行われていた廃山小屋。《処刑場》の異名を持つその場所では、今もヤンキーの尊厳を奪う程度の器具は準備されてあった。

その場所でハルカは壁際に磔《はりつけ》にされ、神々しく人質にされている。

ヤクザのチンピラたちが、ハルカ一人のために一〇人も詰めていた。

「死んでもらうぞ」

「いやだあああ！　なんで私の魅力が効かないのおおお！」

「わめくな、クソガキ。俺らにとっては親分が絶対だッ！」

撃鉄が起こされた。

「いやあああああああああ！」

死ぬ……!?　殺される……!?

親衛隊は何やってるの!?　私がこんなことになってるのに誰も助けに来てくれないの!?

いや、きっと今向かっているところなんだよね……そういうことだよね……。

なんとかして時間を稼がないと。

「お、お兄さん、わ、私とちょっと、お話を――」

「死ね」

「いやあああああああ！」

どうしよう！　こんなとき、どうすればいいんだっけ!?

走馬灯？　走馬灯だっけ？

走馬灯を見れば、ゆっくり時間が流れて時間稼ぎになるよねっ!?

涙目のハルカは銃口と目が合った。

あ、死ぬわ、これ。

そう思った瞬間、短くも長い人生が一瞬で脳裏に閃《ひらめ》いた。それは走馬灯と呼ばれている現象だったのかもしれないが、彼女の見た死ぬ間際の夢は、たったの一秒の時間稼ぎにもならなかったのである。

一瞬で振り返った自分の人生は、自分自身を魅了できるほど綺麗《きれい》なものではなかった。

だめじゃん、私の人生。全然、これからだったのに……。

なんで、こんなところで死ななきゃいけないの？

親衛隊にヤンキーを加えてやりたい放題しようと思ったから？　ヤンキーをゲットするために猫丘《ねこおか》区に来たから？　サイン会なんて開いたから……有名になったから……愛怒流《アイドル》声優になったから……。

辿《たど》れば辿るほど、どうしようもなくなっていく。

どれも……私の人生には、どうしようもなく必要なものだったから。

つ、と一筋の涙が頬《ほお》を伝った。

人を騙《だま》すことと人に好かれることは似ていると思う。

だって、人が好きになってくれる私は、所詮、好きになってもらうために演じている嘘《うそ》の私なのだから。魅力とは、作り上げられたものだ。

親衛隊は騙《だま》されている。私のことをピュアで清らかで清純で汚れのない純粋なアイドルなのだと信じている。

本当は違う。

いつだって人を騙して利用してやる方法を考えているような人間だ。

ピュアで清らかで清純で汚れのない純粋な本当の花井《はない》ハルカは、子どもの頃に死んだ。

当時七歳。

頭のおかしいプロデューサーが気まぐれに本物の少女をヒロイン役にしてやろうと言い出したのがきっかけで、オーディションは開催された。そこで役を勝ち取ってから人生が始まった。

「ハルちゃん、すごいねぇ」

母親が褒めてくれるから言われるがままに何でも頑張った。オーディションはその中の一つにしか過ぎなかった。勉強も習い事も仕事も全部褒められるがままに頑張った。

いつしか母親は勉強や習い事という世間の子どもたちに与えられるありふれた些事《さじ》を褒めなくなっていた。

「これからは、お仕事、頑張って行こうね」

一作目が人気になって仕事が舞い込んでくると、すごいね、天才だね、特別だね……と、何度も同じような言葉で褒められた。幸せそうな母親に笑顔で褒められるのが嬉《うれ》しかった。

その言葉が、私を上手《うま》く操るための道具だったと知るまでは。

大人は汚い。プロデューサーはスポンサーを取るための話題作りとしてしかヒロインを使うつもりはなかったし、母親の方も私が役を得るために裏でお金やら何やら随分手回しをしていた。投資、と言っていたようだ。いつの間にか母親はアニメの関連会社の役員になっていて、身につけるものが派手になり生活は無駄に豪華になっていた。

「全部、ハルちゃんのおかげだよ」

それは突然のことだった。

私を使って人生を駆け上がっていった母親は、やがてプロデューサーと共に逮捕された。

逮捕された母親が言い訳をする中で口にしたのだ。

「娘は金稼ぎのための道具だった」と。

大人とはそういうものだ。

父親がなく母の実家もない私は、叔母の家に引き取られた。子どものいなかった叔母夫婦は、子どもの扱い方が分からなかったのか、必要以上の干渉を避けた。大人を信用できない私にとっては、その距離感が丁度よかった。一つだけ例外的に干渉したことと言えば、声優の仕事は辞めなさいということだった。

私は辞めなかった。大人である叔母夫婦が辞めなさいと言ったからだ。

汚い世界で生きていくうちに次第に分かってきた。

大人と同じくらい、子どもも汚かったのだ。

ピュアとか清らかとか清純とか純粋とか……そんなものは存在しない。

人間は人間と関われば関わるほど醜く汚れていく。

そして人間は人間と関わらなければ生きていけない。

母親を含めて大人は子どもを利用して金を稼いでやろうという人間ばかりだったし、子どもは子どもで大人に気に入られたくて必死だった。自分が得た地位を脅かすような人がいれば容赦なく蹴落とす。清純なイメージで売っている人が、裏では当たり前のようにヤンキーだったなんてことを嫌というほど見せられた。

仲の良い友だちだと思っていた子どもたちは、実は隙あらば自分を引きずり下ろそうとしているジュニアヤンキーだった。

それが、子どものうちに有名になってしまった人間に待っていたものだった。

この世は弱肉強食。

生きていくためには他人を食らうための武器が必要だ。いち早く他人を意のままに操る術《すべ》を身につけ、その勢力を広げていく。それが、この世界を上手《うま》く生き抜くための手段。

生みの親が教えてくれた生き方だった。

本当の自分は汚い。

だからせめて、自分が演じる偽りの自分だけは、この世のものとは思えないほど愛らしく清らかで綺麗《きれい》な人間じゃなければいけなかった。そうやって魅力を作り上げれば、この世界のルールを忘れた人間たちが親衛隊になって愛してくれた。

魅力を追究し、極め、高みを目指していく。嘘《うそ》をついて、演じて、騙《だま》して……そうしているうちに、いつしか愛怒流声優《アイドル》と呼ばれるようになっていて、自分を引きずり下ろそうとしていた人たちは消えていった。

自分のやっていることは間違っていない。

これからも、そんな生き方をしていこう。

そしていつか、全世界の人間を魅了してやろう。

私が作り上げた最高に愛らしくて綺麗な私を愛してくれる人は、きっと世界のルールを忘れて人間の汚さも忘れた人たちに違いない。

私の魅力で人間の汚さを忘れて、この世界のルールを忘れて……全世界の人間が何もかもを忘れた時、きっとこの世界はもっと綺麗なものになる。

私が代わりのルールになって、私だけが汚くて、私の汚さを知っているのは私だけになって……そうしたら、私自身も本当の私を忘れてしまおう。

それは幸せで最も正しい未来だ。

私は正しい生き方をしている。人を騙して、自分を偽って、正しさのために生きている。

何一つ間違っていない。

何もかもがうまくいっている――はずだったのに。

ハルカが走馬灯を終えた時、銃声を待つ《処刑場》に少年の声がカチ込んだ。

「戦火の記憶より名も無き勇者に選ばれし精鋭の名は英雄に似たり」

「なんだ？」

ヤクザがざわつき出すが、「構うな！」という一喝でヤクザたちの意識は再びハルカに向けられる。

「叡智《えいち》の集合に崇敬を払い、虎威《こい》の寸借に愚生を捧《ささ》げる」

彼は心の内で己に囁《ささや》いた。迷う必要はない。最初から切り札を使え。

これは、とっておきの必殺技だ。

選ばれし者にだけ使うことの許された英雄になるための最終奥義だ。

「全知全能の化身、次元を超越してこの身に宿れ！」

コウは疼《うず》く右腕を痣《あざ》でもできるかのような力で掴《つか》んだ。

「撃て――――ッ！」

「撃たないでえええええ！」

悲痛な叫び声が上がるのと同時にコウは疾駆する。


――銃声。

ハルカは強く目を瞑《つむ》って視界を閉ざしていた。どうせ死ぬなら汚いものから目を背けているうちに死んでしまいたかった。

しかし、来るはずの痛みはなく、焦げ臭いにおいが鼻を突くばかり。

恐る恐る開いた目に映ったのは……目の前で仁王立ちになっているコウの姿だった。

「潜在解放《インスタル》」

ここに詠唱は完了した。

「コウ、くん……？」

「なんだこいつ……身代わりになりやがったぞ」

ヤクザは手を震わせて狼狽《うろた》えていた。銃弾を銀髪のヤンキーにぶち込み、勝ったと確信してもいいはずなのに一歩退《ひ》いてしまうほど目の前の少年に恐《おそ》れ戦《おのの》いていた。

それもそのはずだ。コウは銃弾をその身で受け止め、体に穴を開けて血を流しながら、あまつさえその顔には笑みを浮かべていたのだから。

「効かねぇなァ……」

「ひぃっ」

コウは怯《おび》えを見せたヤクザの一人に飛びかかった。その速さたるや爆風のごとし。

「女神に拳銃《チャカ》を向けた罰だ」

土手っ腹にぶち込む風を切る拳は山すらも砕く威力。

「ごふっ……」

「ば、バケモノだ……ッ、ア……」

声を上げて逃げようとした男の意識はすぐさま途切れた。横っ面に叩《たた》き込《こ》まれた蹴りはもはや凶器。ぶっ飛ばされた男は壁に打ち付けられて動かなくなった。

「に、逃げ……ッ、ろ……」

怯《おび》え逃げ惑うヤクザたちが次々と意識を失っていく。彼らには人間を超越した災害じみた何かが通り抜けたようにしか見えなかったことだろう。速さと力を同時に極限まで引き上げた正真正銘のバケモノの所業だった。

首を下げて弛緩《しかん》した腕をかろうじて支えるような立ち姿は餓《う》えた獣のようでもある。

銀狼《ぎんろう》は熱く長い息を吐いた後、最後に残った一人を横目でぎろりと睨《にら》んだ。

「く、来るなあああああああああ！」

男は腰を抜かして獣を見上げている。必死の形相と決死の覚悟で全身に鞭《むち》を打ち、生き延びるために床を擦って後退した。その手が落ちていた拳銃《チャカ》に触れる。慌てて拾い上げて構えたが、ガクガクと震える全身は照準をバケモノに合わせることを困難にした。

祈るように発砲。銃声が鳴り響くと、銀狼の肩が跳ねた。血が流れ出したが、既に血でどす黒く染まっているその姿には何の影響もないように見えた。目の前の鬼神のごとき存在は、全身をボロボロに痛めつけられてなお、倒れなかった。

バケモノが男に向かって歩いて行く。

「ひ、ひいいいいっ」

「お前で……最後だ……」

《英雄》の潜在解放《インスタル》は死ぬまで不死身になれる最終奥義だ。

人間が肉体に課すすべてのリミッターを解除し、痛覚を遮断して防御と己の命を捨てた超攻撃的な英雄になれる。そういう究極的な自己暗示をするのが潜在解放《インスタル》という必殺技だ。

詠唱をトリガーにして妄想の中で契約した最強のキャラをその身に宿して成りきる。

だから、英雄は倒れない。

「来るな、来るな、来るなああああああ！」

銃弾が次々とコウの体を撃ち抜く。もはや筋肉で銃弾を止めることすらできなかった。

「コウくん……」

ハルカの声は涙にまみれて震えていた。

「ハルカ、ちゃん……」

踏み込む足に力が入る。

この身を捨てろ。たった一人のために拳を振るえ。守れるんだったら、死んでもいい。

「死ねっ！　死ねえええ！」

男の声と共に腹にナイフが飛んできて刺さった。

その歩みは重くなっていたが、それでも止まらずに最後の敵に迫っていた。

「く、来るな！　死ねえええええええええ！」

コウが男に膝蹴りを出すのと、銃声がしたのは同時だった。

銃弾が膝を貫いたが、勢いは止まらずに男の顔面に膝がめり込んでいた。

「……ぐふっ」

男は意識を失い、コウはその場に倒れる。

廃山小屋は、音を失った。

むせ返るような血なまぐさい悪臭が小屋の中に立ちこめている。

破れたゴム毬《まり》ばかりが血を流して転がっていた。

「コウ、くん……」

「ハルカちゃん……怪我《けが》はねぇか……」

倒れたコウの、絞り出すような声だった。

誰がどう見たって死ぬ間際の人間にしか見えないボロ雑巾のような姿だ。意識を保っていること自体が奇跡だと言える。そんな人間を目の前にして、ハルカは何を言えばいいのか分からなかった。嘘《うそ》の励ましも偽りの仮面も、どうせ死ぬ人間には意味がないはずだ。

「なんで……助けに来てくれたの……」

口をついて出てきたのは疑問だった。

「俺は、ボディガード、だからな……」

「そんなの、どうだっていいでしょ！　ここに来れたってことは、ヤクザに誘拐されたのが分かったからでしょ!?　逃げればよかったじゃん！　なんでわざわざ死にに来るようなことしたの!?」

「助けたかったんだよ……ハルカちゃんを……」

　コウは力なく満足そうな笑みを浮かべる。

「ば、馬鹿じゃないの⁉　まさか私があんたを本当に愛してると思ったの⁉」

「ふっ……」

「なんで笑うの！　こっちはあんたなんか利用できる親衛隊の一人だとしか思ってないんだから！　ヤンキーで強くてボディガードにはちょうどよくて、私にとっては何もかも都合の良い人間があんただったっていう、それだけのことなの！」

　あ……。私、同じことやってる。

　この世の汚さを教えてくれた人間と、同じことを。

「ファンとか、親衛隊とか、私にとっては、私の魅力で動かせる使いやすくて都合の良い駒でしかなくて……」

　気づいても言葉は止まらなかった。

　無理やり抑えようとしても、懺悔《ざんげ》を強要されるかのように声帯が震える。全身に力を込めて必死にねじ伏せようとするが、涙が溢《あふ》れてくるばかりで声は止められなかった。

「私はそんな純粋な人たちに嘘をついて、騙《だま》して、愛を振りまくフリをしながら私の思い通りになる人を増やしていたの……！　本当の私は愛らしくもない純粋でもない汚い人間で、誰よりも性格が悪くて……」

「そんなの、知ってる」

「知ってるって……。知ってるって、なんなの！」

「こちとら、何年あんたを推してると思ってんだよ……『遅すぎた勇者の英雄譚《たん》』が大好きで、さ……ハルカちゃんが、七歳の頃から……ずっと好きで……かわいくて、かっこよくて、天才で……」

「だから、あんたが好きな花井《はない》ハルカは嘘《うそ》の私なの！　そんな子は存在しないの！」

「いいや、存在してんだよ……清純なイメージが、作り物だったことくらい、とっくの昔に気づいてるさ……ヤンキーみてぇな本性を、持ってることも、分かってる……」

「だったら、なんで……私の魅力も私自身も全部嘘だって分かってるのに」

ごふっ、とコウは血を吐いた。体の中を吹き抜けていく風に自分の体が物と化していくような感覚を覚えながら、それでも声を振り絞る。

「好きになっちまったからだ」

「は……？　意味が分かんない。人間の汚さに気づいたんじゃないの!?」

「表の顔も、裏の顔も、どっちも好きになったんだよ……魅力ってやつを作らなきゃ生きていけない世界で、したたかに生きてきたんだろ……そんなハルカちゃんが、俺は好きなんだよ……推しのつく嘘を……俺は、嫌いにはなれない」

「なんなの……なんなんだよ！」

「ちょっと、休みすぎちまったな……」

コウはボロボロになった体を匍匐《ほふく》で引きずった。

「何してるの……？」

「ハルカちゃんを、助けるんだ……」

「何でだよ！　もう死ぬんでしょ!?　死ぬ間際くらい大人しくしてなよ！」

普段は決して見せない愛怒流声優《アイドル》の隠すべき素顔。コウにとっては、他の誰も見ることができない推しのそんな姿を見られて嬉《うれ》しさすら覚えてしまう。

その声だけで、前に進める。

ダークネスファミリアっていうのは、そういう愚かな人間のことを言うんだ。

ふらついて体を壁にぶつけてしまった。その音は流れ出る血のせいで甲高く、不気味に磔《はりつけ》にされたハルカに近づき、最後の力を振り絞って立ち上がる。

《処刑場》に響いた。己の《邪気威《ヤンキー》》で止血できるような傷の程度はとうに超えていた。

「どこまで馬鹿なの！　なんで、たかが他人にそこまでできるの！　自分の状況分かってる!?　じっとしてたら苦しまずに死ねるでしょ！　もう死ね！　死んでしまえ！」

女神に手を伸ばす。

女神を血で汚してしまうことに自己嫌悪しながら、縛り付ける紐《ひも》に手をかける。弱々しく引き寄せた後、腹からナイフを引き抜いた。

抜いた先から血が溢《あふ》れ出《だ》してくる。自分の体にはまだこんなに血が残っていたのかと思った。血濡《ぬ》れのナイフを紐に走らせると、ほどけるように紐は切れた。

「もう、貸して！」

ハルカは自由になった手でナイフを奪い取り、残りの紐を切っていく。

よかった……これで、自由だ。

「俺のことは忘れて、ただ、生きて………」

女神が解放された途端、英雄は役目を終えた。


――――ドチャッ。


あぁ……ここまでか。

「なんで倒れるの！　ここまで頑張ったんでしょ!?」

最後に聞く声が、愛する人の声なんて最高じゃねぇか。

きっとばーちゃんのじーちゃんが、戦場でどれだけ願っても叶《かな》えられなかった夢なんだろうな。死ぬって分かってる時くらい好きな人のことを考えたいもんな。

俺は幸せものだ。

かすれた視界の端に隊章が落ちていた。

なぁ、ばーちゃん。

俺は……英雄になれたのかな。

「生きて、の続きはなんなの!?　そこで終わりなんて言わせないから！　死ぬな、馬鹿！　起きて続きを言ってよ！　ふざけんな！　お前みたいなやつ、絶対に死なせないから！　もっとこき使ってやる！　他の親衛隊の誰よりも、こき使ってやるんだから！　だから、こんなところで、死なないでよおおおおお！　誰かああああああ！」

ふっ……なんだよ、それ……かわいい人だな……。やっぱり、死にたくねぇなあ。四人で遊んだ日は……人生最高の日だったな……。この喧嘩《けんか》が、終わったら、また……四人、で……いや、今度は、デートを……俺と、ハルカちゃん、ふたり、で

○

緑織《みどりおり》山から無数の鳥が飛び上がっていった。

あらゆる音が空気を震わせ、やがて緑織エリアに風の噂《うわさ》として流れていく。

無目的グラウンドの端で一陣の風が吹き抜けた。その風は、意志を持って緑織山に上っていった。

黒淵《くろぶち》と緑織の喧嘩は、戦況がはっきりしてきていた。

平均的な能力は上だと思われていた緑織の汎用ヤンキーたちが、その力を失いつつあったのである。

ザクラとカズマは一騎打ちによりお互い疲弊している。

その影響でカリスマ・オーラ・シフトによる愚民たちへのバフは弱まっていた。

「まさか単騎でもここまでやるとはな」

包み隠さず胸の内を語るのであれば、ザクラは今、喧嘩を楽しんでいる。

「僕だって《天下逆上《てんかぎやくじよう》》の一人だ。むしろ、ザクラの方が弱くなったんじゃないか？」

「軽口を叩《たた》きやがって」

お互いにまだ笑う余裕があった。

それでも、この喧嘩《けんか》は終わりに近づいている。シマトリーに筆頭ヤンキーとして参加している以上、最後は何があっても勝ちを譲るわけにはいかない。

「ザクラ、聞いてもいいか？」

「あ？　なんだ」

「お前にとって、僕はどういう存在なんだ？」

「何を訳の分からないことを……」

「僕は自分が特別な人間かどうかを知りたいんだ」

「そんなもん他人に聞いてんじゃねぇ。特別か？　勝ち取ってみろ。自分を特別なヤンキーにできるのは、己の拳だけだろうが！」

二人の拳がぶつかり合った。

筋肉という目に見える能力の対比では、ザクラの方が一回り大きく強いはずなのに、衝突の衝撃は明らかに互角。

ギリギリと拳を押しつけ合う。

ザクラの言葉が自分の期待する答えだったのかどうか、カズマには分からなかった。何を求めているのか、それすらも分からない。自分が本当に欲しいものが何なのか。上辺だけの言葉で満足なのか？　それもきっと、喧嘩が終われば分かるのかもしれない。

なぁ、教えてくれよ……ザクラ！

「クソがッ！　いつからその《邪気威《ヤンキー》》は伊達《だて》じゃなくなりやがったんだ……」

常人の何倍も何十倍も大きく見えてしまうというカズマの性質からすると、本当の《邪《ヤン》気威《キー》》は弱いのではないかと思われがちだ。しかし、その欠点は高校二年のシマトリーを迎えるこのタイミングでしっかり克服されていた。

「僕だって何もせず過ごしていたわけじゃないからな！」

ザクラの拳が弾《はじ》かれた。

よろめいたザクラの腹にカズマの長い足による蹴りが叩き込まれる。

ザクラはぬかるんだグラウンドの上を滑って衝撃を殺した。距離を取って向かい合う。

「思えば、結局お前とガチでやり合ったことは数えるほどしかなかった」

「《天下逆上》ができてからは喧嘩する理由がなかったからね」

「俺とハジメは飽きるほどしてきたがな」

「羨ましかったよ。僕は《天下逆上》のみんなが羨ましかった」

「あ？　お前だって《天下逆上》の一人だろうが」

「僕には舎弟が多すぎたんだ。抑えきれないカリスマのせいで、どれだけ突き放しても愚民たちは寄ってくる。たしかに僕は常に人に囲まれていたよ。でも、彼らは僕の仲間と呼ぶには、あまりにも愚かに僕を信じすぎていた」

カズマの脳裏には、中学時代の教室の光景が浮かんでいた。

些細《ささい》なことでザクラとハジメはすぐに喧嘩《けんか》を始めた。それに悪乗りをするのが覇乱《はらん》ガウス、悪態を吐《つ》いて巻き込まれるのが我田《がでん》リュウジ、最後に喧嘩を止めるのが傲岸《ごうがん》モンジュだった。カズマはその流れを眺めるだけだ。だから、一連の出来事はよく記憶している。

軽口を叩《たた》けば、軽口が返ってくる。つまらないことで対立して拳を交わし合う。

そんな関係性にずっと憧れていた。

愚民に同じことをやっても返ってくるのは、謝罪の言葉と仰々しく頭を下げるという圧倒的な上下関係。いつしか愚民のそんな姿を見るのが嫌になった。

でも、彼らは信じてついてきてしまうから。彼らにザクラとハジメのように気軽に喧嘩する姿を見せるわけにはいかなかった。王は常に勝ち続けなければいけない。負けることは許されない。究極の勝ち負けの世界を愚民たちは信じ、その頂点に一人で君臨する孤高の存在こそが威風《いふう》カズマなのだと、そんな幻想を愚かにも抱き続けている。

棄権した一年目のシマトリーですら、彼らは負けを認めずに戦略的撤退だと信じた。彼らのシマトリーは、ずっと地続きでまだ終わっていない。負けて終わることは彼らにとってあり得ないのだ。

だからこの喧嘩は、すべてのわがままを貫き通しても言い訳をして拳をぶつけ合える唯一の舞台だ。その言い訳を完結させる最後のピースは勝利だけ。

ただの指揮官でしかないヤンキーを王と崇《あが》める愚かな彼らに最大限の祝福を。

「ザクラ、悪いけど僕はお前を倒すよ。それが愚民たちの望みだ」

「やれるもんならやってみやがれ！」

「本気で行くぞ！」

空気に緊張が走った。

「純白の右手──ホワイト・ワン・ショット！」

「カリスマ・オーラ・シフト！」

快晴の空の下で雷鳴が轟《とどろ》く。

ザクラの白く染まった右の拳は、カリスマを受けて一瞬動きを止めてしまう。わずかな硬直でもS級ヤンキーにとっては永遠に等しい。カズマは触れたら爆発するような必殺の拳を受け流し、カウンターの膝蹴りをザクラの顎に叩き込んだ。

「────がッ」

時がゆっくり流れていくようだった。

その一撃でザクラが地面に倒れ伏す。

どれだけ体を鍛えても急所ばかりは強くならない。ザクラの意志の強さなら一発くらいは耐えられるかもしれないが、こうなってしまえばあとはトドメを刺すだけだ。

地面の上でもがくザクラをカズマは見下ろした。

「最高に楽しい時間だったよ。明日からは緑織《みどりおり》のヤンキーとして一緒に戦おう」

「くそ……がっ……まだ、終わっちゃいねぇ……」

カズマがトドメの一撃を叩《たた》き込《こ》もうとした時だった。

「筆頭ヤンキーがなんてザマだ」

「私と交代した方がいいんじゃないか？」

その声にカズマは振り返った。

「ハジメと、鬼津《おにつ》アオイ……」

だけじゃない。

その後ろには幹部クラスのヤンキーが控え、さらに黒淵《くろぶち》の汎用ヤンキーたちが大勢全身をボロボロにしながらも立っていた。

「愚民共はどうした……まさか、負けたのか!?」

黒淵の汎用ヤンキーたちが道を空ける。

その先には、緑織《みどりおり》の愚民たちによるゴム毬《まり》の山が積み上がっていた。

「そんな、集団幻想が……」

「あいつら、急に弱くなったんだよ。あのまま続いてたら、さすがに私たちもやばかった」

「僕がザクラとやり合って消耗したからか……！」

「形勢逆転、だな」

ザクラがよろけながらも立ち上がっていた。

「ザクラ、どういうことだ!?　まさか、君は僕以上にカリスマを使えるのか!?」

「馬鹿言うんじゃねぇよ。昔、同じことを言った気がするな。俺にはカリスマなんかねぇし、筆頭ヤンキーとしての素質もない。俺はただ、仲間に恵まれただけだ」

「仲間……」

「次で終わらせるぞ、カズマ」

「ふん……いいだろう。受けて立つ！」

緑織に残った最後のヤンキーとして拳を振るおう。

互いに本気の《邪気威《ヤンキー》》を放出させると、僅かに残っていた灰色の雲が緑織エリアからすべてかき消えていった。

大陽光に照らされた無目的グラウンドの真ん中。

二つの拳が衝突し、筆頭ヤンキー同士の勝負が決した。

○

「うっ……」

目を開けると、太陽の光が視界にカチ込んだ。

後頭部と背中が地面にべったりと張り付いて気持ち悪いくらい冷たく濡《ぬ》れている。

「そうか、僕は負けたのか……」

カズマは視界いっぱいの晴れ渡る空に敗北を悟った。

結局、拳を交えても分からなかった。自分が何を求めていたのかも、ザクラというヤンキーの心の内も。これこそが人間と言われてしまえばそれまでなのだが、《天下逆上《てんかぎやくじよう》》なら そんな普通を超越した特別な何かがあるのではないかと考えてしまっていた。

まあ、いいさ。負けてしまったけど、シマトリーは続いていく。

愚民たちには悪いが、緑織《みどりおり》はここまでだ。さすがに黒淵《くろぶち》の下につくことになれば、愚民もきっと愛想を尽かしてしまうだろう。

「カズマ、起きろ」

ザクラの声だった。その声はかつて《天下逆上》として共に戦った時のように真剣味を帯びている。まるで喧嘩《けんか》はまだ終わっていないとでも言うかのようだった。

「喧嘩の後の昼下がりくらい休ませてくれないか」

カズマは苦笑しながら起き上がった。

「客だぞ」

ザクラの視線の先には、男が立っていた。

その顔は口の横から頬《ほお》にかけて醜い傷跡を残している。スーツをだらしなく着崩し、そいつは肩で息をしながらカズマを睨《にら》んでいた。

「てめぇだけでも……ぶっ殺してやる……」

「……来てしまったか。果たし状を送ってきたのは、お前だな」

「知り合いか？」

ザクラは言いながらも男から目を離さなかった。

「ザクラには関係のないことだよ」

「こいつはヤクザだ。関係ないで済ませていいような人間じゃねぇ」

「丑三鬼門會《うしみつきもんかい》、辰和田晋《たつわだしん》だ。覚えてるか……クソガキ」

カズマは辰和田の口ぶりを鼻で笑った。

「知らなかった。そんな名前だったんだね」

「あぁ、覚えていたみたいで嬉《うれ》しいぜ。どうだ、お前は俺のおかげで独りになったんだ。人生は楽しいかよ？」

辰和田による安い挑発だった。言われなくても独りであることなんてとっくに自覚しているのだ。

「楽しいか？　ああ、楽しいよ。こうしてヤンキーと喧嘩できる日々もいいものだ」

「それはよかった。月華寮《げつかりょう》だったか？　今さら帰りたいとか言われても困るからなぁ。あの施設は俺がぶっ潰しちまったからな！」

その場にいたザクラとハジメがカズマを見た。

「お前、施設って何だ」

《天下逆上》の二人ですらカズマの過去は知らなかったのである。

辰和田にとっては、黒淵のヤンキーたちがいつまとめて敵になってもおかしくない状況だったが、今が好機とばかりに言葉を重ねる。

「こいつは親に捨てられた施設出身のガキなんだよ！　あの女……名前は忘れちまったが、

あいつの言ったことは覚えてるぜ。あいつはな、自分のド頭《タマ》ぶち抜かれる直前まで、自分は悪くないってほざいてやがったんだよ！　悪いのは全部、お前だってなァ！」

カズマは口の端を持ち上げた。

わざわざ言葉にされなくても、そんなことくらい分かっていた。

分かってはいたが、あの幼き日々がこれほどまでにくだらないものだったとは……。

「アッハッハ！　お前は、馬鹿だな！」

「………あ？」

「ユイさん……あなたが教えてくれた通りだ。僕は特別な人間みたいだよ。あなたに裏切られたと分かっても全然悲しくないんだ。きっと人間とは、孤独なものだと気づいてしまったからだね。他人を売ってでも生き延びるたくましさ、それこそ人間という孤独な生き物には必要なものだ！」

「何を言ってやがる……」

「ヤンキーなんてやめだ。僕は王でもない。これからは、誰とも関わらずに生きていく！ありがとう、ヤクザ。やっと決心ができたよ」

「くそったれ！　勝手に自己解決すんじゃねぇ！　こっちはこの傷の落とし前をつけたくて長年てめぇを探してきたんだ！　誰とも関わらずに生きていく？　抜かせ、てめぇはここで死ぬんだよ！」

辰和田《たつわだ》は拳銃《チャカ》を抜いてカズマに向けた。

しかし、すかさず射線は遮られてしまう。間に立ったのは、ザクラとハジメだった。

「邪魔すんじゃねぇ！　殺すぞ！」

「二人とも、どいてくれ。これは、僕の戦いだ。他人には関係のないことなんだ」

「だそうだが。どうする、ザクラ？」

ハジメが聞くと、ザクラはカズマを振り返った。

「勘違いしてるようだから言っておいてやる。俺たちは他人じゃねぇ」

ザクラは、カズマの言葉を否定した。

「仲間《ダチ》だろうが」

はっ、と息を呑《の》む。

カズマはようやく気づいたのだ。

雨と泥で薄汚れた姿の二人が、銃の前で盾になって守ろうとしてくれている。カチ込む陽光は眩《まぶ》しく、二人の背中を正視することが苦しいくらいだった。

あの日、守りたい人の前に立ったことは間違いじゃなかった。ただ、相手が守ってほしいと願うほど自分を好きでいてくれなかった。それだけのことだった。

あの日と逆の立場になった今だからやっと分かる。

本当に欲しかった言葉。

そんなものはどうでもいい。前に立ってくれるだけで、寄り添ってくれるだけで、一緒にいてくれるだけで……よかったのだ。

「すまない、二人とも」

カズマは二人の横に並んで立った。

「あいつをぶっ倒す。協力してくれるか」

「あんな雑魚に《天下逆上《てんかぎやくじょう》》三人もいらねーだろ」

「同感だ。だが、三人でボコるのもたまには悪くない」

ハジメとザクラが口々に言うと、辰和田《たつわだ》はとうとうブチ切れた。

ヤンキーのガキ共がお友だちごっこなんか始めやがって……。

「まとめてぶっ殺してやる！」

まずは因縁の……威風《いふう》カズマからだ！　引き金を引いた。

拳銃《チャカ》の腕には自信がある。一発で仕留められるはずだ。これで、俺の勝ち……！

ふと、脳裏に薄暗い一室での言葉が蘇《よみがえ》った。

――銃を持ったら敵が死ぬまで気を抜くな。

覇乱《はらん》ガウスだ。《天下逆上》のバケモノの一人。あいつと同等のバケモノが三人も並んで目の前にいる。

……なんだ、この違和感は。

そうだ……引き金を引いたはずなのに銃声がない。それどころか、全身がまったく動かなくなっていた。

「てめぇ、俺に何をしやがった！」

「カリスマ・オーラ・シフト。お前のような愚民に引き金を引く許可をした覚えはない」

王は赤い目を爛々《らんらん》と輝かせていた。

「あん時と同じ……！　くそったれ！」

「トドメはもらうぜ！」

ハジメが飛び出すのと同時、ザクラも地面を蹴った。

「俺にもやらせやがれ！」

右と左、二つの拳が仲間の仇《かたき》に向かってカチ込んでいく。

「や、やめろおおおおお！」


「純白の左手――アナザー・ホワイト！」

「閃光《せんこう》の一撃――ゼロ・レーザー！」


湿気まみれの空気が細い音を上げて集束していった。その中心にあるのは二つの拳。子供だましのガードすら作れない辰和田の土手っ腹は、カチコミを待つかのようにがら空きだった。最強に強い二つの拳が一つとなって辰和田を捉えた瞬間、○・一秒もかからずにその体はゴム毬《まり》となって宙を舞った。

拳銃《チャカ》がひらひらと舞い散ると、銃口を下にしてぬかるんだ地面に突き刺さる。

憐《あわ》れなゴム毬が泥まみれになりながら転がり、動かなくなった。

過去の因縁は、今、ここに決着したのだ。

緑織《みどりおり》の空の下、拍手喝采が起こった。

意識を取り戻した汎用ヤンキーたちによる無限重奏である。

《天下逆上《てんかぎゃくじょう》》の三人が向かい合う。

「ヤンキーをやめる、だったか？」

「僕は王じゃないとか言ってやがったな」

ザクラとハジメがからかうように笑っていた。

その笑みに応えるように笑ったカズマの表情は、幼い少年のようだった。

「これだから、冗談の分からないやつは」

○

ヴァイオレットタワー。病院フロア。

レンジは血まみれの制服を着て廊下の椅子に座っていた。隣には沈痛な面持ちのハルカが座っている。

ドローンを撃ち落とした後にとてつもない《邪気威《ヤンキー》》が出現して嫌な予感がしていた。

山の奥で発生したそれは、まるで命を燃やすかのような異常な質だった。

急いで辿《たど》って山小屋に駆け込んだとき、レンジの目に映ったのは血だまりの中でコウを抱えているハルカの姿だった。

すぐさまコウを背負ってヴァイオレットタワーに運びこんだが、その時にはもうコウの心臓は著しく弱っていて生きるか死ぬかの瀬戸際だった。

手術室からドクターヤンキーが出てくる。

レンジとハルカは顔を上げた。

「クソほど手は尽くしたんだが……」

「そんなわけないでしょ！」

ハルカは弾《はじ》かれたように立ち上がり、ドクターヤンキーを突き飛ばして手術室にカチ込んだ。

心電図が無機質で機械的な音を上げている。

モニターに映るのは、さざ波一つ立たないバグった波形だった。

「残念ながら」

ドクターヤンキーが告げると、部屋に入ってきたレンジは拳を握りしめた。

「まだだ。ヤンキーは、心臓が止まったくらいじゃすぐには死なない」

「気持ちは分かるが、こいつの《邪気威《ヤンキー》》は、もう……」

「まだだって言ってるだろ！」

レンジは額に汗を浮かべ、拳を握りしめ、心電図モニタを穴が開くほど睨《にら》みつけた。

廊下を走る靴音が聞こえてくる。「走らないで！」という注意を無視してヤンキーの気配がカチ込んできた。

振り向くと、アオイが扉に手をついて息を整えている。

「コウの《邪気威《ヤンキー》》が……」

せっかくオタク友だちになれたと思ったのに。

どうしてこんなことになっちまうんだよ……！

「そうだ、オタク……目をこらし、疼《うず》く腕を押さえ込みながら、感覚を研ぎ澄ませ……」

「レンジ……？」

感じる。それは灯火《ともしび》と呼ぶにはあまりにも頼りない光だったが、コウの奥底で何かが揺らいでいる。コウは言っていたはずだ。ダークネス・ファミリアには《邪気威《ヤンキー》》とは違う別のオーラがある、と。

「コウは死んでない……まだ、生きてる！」

「当たり前でしょ！」

ハルカがらしくない怒声を上げた。

ハルカが声を荒らげるような、こんな状況、コウは望んでいないはずだ。

医者が手を尽くしても無駄で、ハルカが呼びかけたところで意味はない。だったら、残された手はなんだ？　このまま待っていたらせっかく見つけた灯火は潰《つい》え、心臓の止まった体は腐り果ててしまうだろう。

「くそっ、俺にはどうしようもないのか……」

「どいて」

ハルカは最強に強い決意に満ちた目をしていた。

「ハルカさん……？」

「こいつは、私のことが好きなの。どうしようもなく。馬鹿みたいに。本当にこいつが嘘《うそ》偽りのないオタクで、汚い私の本性すらも好きだって言うなら……。私を推すオタクとしてのプライドってやつを見せてもらう」

「えっ？　ど、どういうこと？」

「『遅すぎた勇者の英雄譚《たん》』のエンディングを歌う！」

レンジは息を呑《の》んだ。

コウの傍《そば》に歩み寄ったハルカは、深呼吸をして、愛怒流声優《アイドル》の顔になった。目には薄《うっす》らと涙が浮かんでいる。そして、歌い出す。

その歌の名は、『勇者の帰還』。

嘘みたいに退屈な日だった。

ブラウン管の壊れたテレビは何度叩《たた》いても映像を映さず、音ばかりを虚《むな》しく垂れ流している。

「なぁ、ばーちゃん。新しいテレビ買ってくれよ」

コウは縁側から外に足を投げ出して寝そべっていた。

「そんな金あるわけないだろう」

座敷に座る祖母はちゃぶ台に布を広げて縫い物をしている。

「テレビが見れるんだったら、俺一ヶ月飯抜きでもいいからさ」

「バイトでもしなさい。新聞配達とか、スイカの収穫とか、なんだってあるじゃないか」

「バイトか……うーん、バイトか。暇だし、やってみてもいいな」

「昔はね。子どもなんてみんな家の手伝いで働いてたんだよ。暇なんてなかったんだから」

「ばーちゃん、何縫ってんの？」

「特攻服だよ」

「なんだそれ」

「昔のヤンキーはみんな特攻服を着たもんだ」

「いや、それをなんで今縫ってんだよ」

バチッ、と静電気の弾《はじ》ける音がした。

勢い込んで起き上がると、ブラウン管テレビにはアニメが映っている。

「きたあああ！　観《み》ようぜ、ばーちゃん！」

「一人で観なさい」

「そんなに忙しいのかよ」

コウはテレビにかじりついて音量を上げた。

『遅すぎた勇者の英雄譚《たん》』のエンディングが流れてくる。

「あれ……なんか、音質良くないな」

いつも聴いているエンディングに比べると、ちょっとボーカルがかすれているような気がする。そんな演出はなかったはずなのだが。

――――コウくん！

「えっ？」

名前を呼ばれた。

ヒロインの声でテレビから聞こえたような気がするが、そんなことがあるわけがない。

「コウ、着てみるかい。特攻服」

「お、できたのか？」

渡された特攻服の背中には、黒字に金文字で『英雄』と書かれていた。

着てみると、でかすぎる特攻服は裾が畳についてしまっている。

「あんたにはまだデカすぎたか」

「俺もう高校生なんだけど……」

高校生？

「……あれ、なんか、変だな」

――――コウくん、戻ってきて！

はっきりと聞こえた。テレビの向こうから花井《はない》ハルカが叫んでいる。

「コウ」

ばーちゃんが立っていた。

歳《とし》をとっても背筋の曲がらない凛《りん》とした立ち姿の元ヤンのばーちゃん。

その姿を見ているだけで、なぜだか胸が締め付けられて息苦しい。

「似合ってるよ」

「……デカすぎるって、言ったじゃねぇかよ」

「私には未来が見えてるんだ。大きく成長したあんたの未来がね」

何かがおかしい。

その何かなんて、最初から分かっているはずなのに、言語化しようとすることを頭が拒否している。

認めなければいけないのだろう。

でも、今だけは――――。

コウは言葉を絞り出した。

「ばーちゃん……俺、英雄になれたのかな……」

ふん、とばーちゃんはいつもみたいに鼻で笑う。

「馬鹿言ってんじゃないよ。あんたなんかまだまだひよっこなんだから」

「なんでだよ……」

「ほら、行きなさい」

「行きなって……どうしたら……」

「もう、分かってるだろう。夏休みはね、とっくに終わってるんよ」

頬《ほお》を一筋、涙が伝っていくのが分かった。

いつまでもここにいたいけれど、ここで退屈するのは、まだ早すぎたらしい。

特攻服を引きずりながら、コウは縁側から距離を取る。

「ばーちゃん、悪い。もうちょっと待っててくれ」

「二度と来るんじゃないよ」

「つれねぇや」

コウは畳の上を走り出す。

色んな思い出が湧き上がってくるその場所を駆け抜け、縁側で思いっきり踏み切って外に飛び出した。

懐かしい夏の空気が三五九度広がっている。

「行ってきます！」

たったの一度を目がけて、英雄の特攻服がはためいた。

「コウくん！」

目に映ったのは、ハルカの泣き顔だった。

「コウ！」

レンジとアオイもいる。

「なんだよ……揃《そろ》いも、揃って……」

「やっぱり、生きてるじゃん……！」

突然ハルカに抱きつかれてコウの心臓は再び止まりそうになった。ハルカが声を上げて泣き始める。それだけでもこの場所がどこで、自分がどういう状況だったのかを簡単に理解できた。

保健室のような軽い場所ではない。

「心配、かけて、ごめんな……」

「ほんとだよ。もう二度と私の前で死にかけないで」

「はは……無茶《むちゃ》言うなよ……」

「危うく言えないまま死なれるところだった」

「……え、何を？」

ありがとう。

ハルカは愛怒流《アイドル》声優の顔で微笑《ほほえ》んでいた。その笑顔は、この世のものとは思えないほど愛らしく清らかで綺麗《きれい》なものだった。それが偽りなのか否か。二人の間では、その真実が共有されているのだ。

「へへ……こっちこそ。おかげで生き返った。やっぱり……ハルカちゃんと、二人で遊びに行きたくてさ」

「うん、元気になったら遊びに行こうね」

コウは力なく笑った。やっぱり、死んでる場合じゃなかったな。

「コウくん」

「……ん？」

「あなたは、私の英雄だよ」

「…………っ⁉」

大好きなアニメの大好きなヒロインによる名セリフ……！

それをまさか中の人から直々に言われるなんて。

コウのオタクは凄《すさ》まじい勢いで爆発した。

そして、ここでその言葉を口にする意味を考えるために脳がフル回転を始めたが、すぐに理解しがたい領域に入り込んで思考を放棄する。

「ほわあああ……」

コウはすでにひっくり返っていた。

「コウくん!?」

この日のことは一生忘れないだろう。コウは安堵《あんど》に包まれて再び目を閉じた。

○

三九階。

モンジュは壁いっぱいのモニターに映るデータを眺めている。

「傲岸《ごうがん》さん」

その背中に声をかけたのは、御影《みかげ》シゲルだ。

「なんだ」

「彼、助かっちゃったみたいですよ」

「どういう意味だ？　たとえ敵であろうと人命に勝るものはないだろう」

「一応、うちもシマトリーに参加しているわけですけれど」

「何回も言うが、私が喧嘩《けんか》に関わることはない。エントリーは形だけだ」

「ま、それは僕も同じですけどね。所属する高校の応援くらいしましょうよ」

「人の犠牲を前提にした勝利など悖徳没倫《はいとくぼつりん》の極みだ」

「はは。後で辞書引いておきます」

モンジュがコンピュータを操作すると、モニターのデータは切り替わった。

「でも、良いデータは取れたんでしょう？　なにせ緑織《みどりおり》エリア全域にセンサーを設置しておいたんですからね」

シゲルの問いにモンジュは頷《うなず》く。

「才連《さいれん》コウ……潜在解放《インスタル》だったか。彼の脳の使い方は面白い。さらに高度に意図的なコントロールができれば、ヤンキーは次のステップを踏めるかもしれんな」

「《寂光刹那《じゃっこうせつな》の境地》の先ですか。そんなものあります？」

「ある。J氏曰《いわ》く」

「J氏だって創作上の人物かもしれませんよ」

「御影《みかげ》シゲル、表に出ろ」

「ちょっと、喧嘩《けんか》に関わることはないんじゃなかったんですか!?」

「個人的な喧嘩は別だ」

「やめてくださいよ。僕、弱いんですから」

モンジュは腕を組み、データのさらにその先を見据えるかのような遠い目をした。

「ヤンキーの伝説的存在……《純白の悪魔》の研究ができればいいのだが」

「それは僕も同じ考えです。だからこそ、僕はここにいるんですよ」

○

陰鬱を極めた薄暗さの部屋に《邪気威《ヤンキー》》を持つ者たちが集まっていた。

テーブルを囲う八つの椅子のうち、七つの席が埋まっている。

ただし、その内の一つに座るのはいつもの人物ではなかった。

「だから言ったのに」

覇乱《はらん》ガウスは嘲るように言った。

「すまなかった。やつには落とし前をつけさせる。だから次は協力してくれないか」

ヤクザの幹部の口から出る言葉としては最上級に譲歩したものだったろう。彼の部下が聞けば泣き叫んでしまうような威厳のない口ぶりだった。

それでもガウスは「やだね」と吐き捨てた。

「それならお前は何のためにここに来た」

「『だから言ったのに』って言った時の君たちの反応を見るため？」

「…………」

誰もが揃《そろ》いも揃って苦虫を噛《か》みつぶしたような顔をしていた。

「そうそう、そういう顔が見たかったんだよ！　あースッキリした。じゃ、ボクは満足したから帰るね」

「……いつまでも舐《な》め腐ってんじゃねぇぞ、コラァ！」

片目の潰れた男はテーブルにナイフを突き立てた。

「おお、怖い怖い。いったい君たちは何がしたいわけ？」

「いつまでもヤンキーを野放しにしておくわけにはいかねぇ。それが今回の件ではっきりした。辰和田《たつわだ》がやられてんだ！」

「今さら」

「我々ではもう手に負えん」

「だったら、おたくの若頭を使えばいいじゃん。なんでボクに頼むのさ」

「カシラに頼むわけにはいかん」

「いいよ、だったらボクが頼んであげるよ。そしたらきっと赤里襖《あかりぶすま》も動くでしょ。だって、若頭は赤里襖の筆頭ヤンキーなんだからさ」

「それでは意味が……」

「赤里襖が勝っちゃえばいいんでしょ？　猫丘《ねこおか》区統一。ほら、これで丸く収まる」

部屋は沈黙した。

ガウスは良い提案をしたつもりだったが、予想外の反応に目をぱちくりさせてしまう。

「何か問題でも？」

「いや、問題は……」

「あー分かった！　猫丘区を統一した赤里襖が反旗を翻すと思ってる？　たしかにヤンキーが全員カチ込んでくるのは想像するだに面倒だなぁ」

「今の話、カシラに伝えるのはやめておけ」

「はいはい、分かった分かった。ま、しばらくは楽しそうだし、退屈するまでは取っておくよ。じゃ、話もまとまったし、ボクはこの辺で」

ガウスは意気揚々と立ち上がった。

襖を足蹴にして無理やり帰り道を作る。開けるという手間をすっ飛ばし、ガウスは傍若無人に退室していった。

再び満たした静寂を片目の潰れた男が低い声で割る。

「ヤンキー共め――――」

○

決戦から時は経《た》ち。

威風《いふう》カズマはプレミアムプレハブ小屋のテーブルに腰をかけ、優雅に朝の紅茶を楽しんでいるところだった。各椅子の前にはティーカップと茶菓子が用意されていて、いつでもお茶会を開く準備ができている。

そろそろ黒淵《くろぶち》も一ヶ月の修行が終わった頃だろう。

途中で緑織《みどりおり》との喧嘩《けんか》はあったものの、紫想《しそう》と約束していた約一ヶ月間の修行は予定通り行われていた。少しは休ませてくれという汎用ヤンキーたちの悲鳴もあったらしいが、ザクラのやつが聞き入れるはずもない。あいつはあれで案外ストイックなのだ。

「ふむ……今日のミルクティーはなかなか美味《おい》しい。ミルクとの比率だろうか。チョコ系のケーキにぴったりだな。ガトーショコラなんかいいかもしれない」

突然、重い扉がぶち開けられた。

「おい、カズマ！　なんだ、こいつは！」

「おはよう。ザクラ、さあ、座ってくれ」

「話を進めるな！」

ザクラは持っていた手紙をその場にバシンと叩《たた》きつけた。

お茶会の招待状だ。

「招待を受けてくれたわけではないのか？」

「果たし状のことはどうでもいい！」

「まー、いいじゃねぇか」

続いて入ってきたのはハジメだった。ザクラの横を通り抜けて、さっさとテーブルにつ
いてしまう。茶菓子を物色し始める。

「ようこそ、ハジメ。何が飲みたい？」

「お前の好きな飲み物を教えろ」

「面白いオーダーだね。喫茶店で女性店員に言ったら追い出されるよ」

「勝手に始めるな！」

ザクラは椅子を乱暴に引いて座った。

「何が不満だい？」

「むしろ、なんで不満がないと思っていやがる……ここは、黒淵《くろぶち》の校庭だぞ！」

緑織《みどりおり》はシマトリーで破れ、黒淵に統合されてしまった。

カズマが愚民を引き連れて黒淵に下ると、真っ先にやったことは、黒淵の校庭にプレミアムプレハブ小屋を建設することだった。周囲には申し訳程度に畑も作られている。

「いいじゃないか。黒淵の校庭は広いんだし」

「クソがッ……こんな趣味の悪いもんがあると具合が悪くなる」

「まあまあ。美味《おい》しい紅茶を提供しようというのだから許してやってくれ」

「それをお前本人が言うな」

「何を飲みたい？」

「ミルクティーだ。純白のな」

「いいだろう。お湯の温度は一〇〇度で用意させてもらう」

招待客のカップはミルクティーで満たされた。

六つの席の内の半分が埋まり、お茶会が始まる。

残り三つのティーカップは伏せられたままだが、それも、いつか――。

「聞いてくれないか、友よ。僕という人間がここに来るまで、どのように生きてきたのか」

その、半生を。

トピック オタ活定期報告

カチコミル
kachikomiru

始まりの終末
新しいイラストアップしたので、よかったらコメントください

始まりの終末
って、ああ。銀狼氏はいないんだった

雷鳴指揮官
良い絵を描くじゃないか

始まりの終末
え？ 本気で言ってる？

雷鳴指揮官
あぁ。お前は絵が描けるタイプの愚民か

始まりの終末
絵が描けるタイプの愚民……

雷鳴指揮官
最近、愚民にも色々な個性があることに気づいてね

始まりの終末
本当に最近気づいたとしたら遅すぎるだろ

雷鳴指揮官
お前には僕の偶像を描く権利を与えよう

始まりの終末
誰が描くか

雷鳴指揮官
喧嘩、止めてやれなくてすまなかった

始まりの終末
ん？ あー、気にすんなよ。結果オーライだったわけだし

雷鳴指揮官
お前だったんだろう。
僕たちの喧嘩のために爆弾を処理してくれたのは

始まりの終末
なんのことやら

雷鳴指揮官
いや……いいんだ

雷鳴指揮官
とにかく言っておこう。ありがとう、と

●エピローグ　次に回る次回予告が予《あらかじ》め告げるもの

黒淵《くろぶち》と緑織《みどりおり》の総力戦が終わってしばらく経《た》った。

結果は黒淵の勝利に終わり、緑織のヤンキーたちは一人残らず黒淵の陣営に移ったという。プライドの高いヤンキーは、自陣営が負けて離脱する者も多いが、一人も欠けずに移るというのは異例中の異例だった。

その日、レンジはアオイと二人で登校していた。

ヴァイオレットタワーでの修行が終わり、久しぶりに黒淵の校舎へと向かっている。

最新設備は黒淵のヤンキーたちに何物にも代えがたい思い出を刻み、今すぐ紫想《しそう》の軍門に下ってインテリヤンキーになってやろうという汎用ヤンキーがいたくらいだった。

もちろん、そんなやつはザクラがちょっと凄《すご》んだだけでいなくなったのだが。

「レンジ、ダブルデートなんだけど、いつにする？」

「ん、ダブルデート？」

「コウとハルカが来るやつだよ」

「あぁ」

あの二人は別に付き合っているわけではないのだが、アオイの見立てでは結婚秒読みらしく、コウの復活以来ずっとこの調子だった。

「まずはコウの退院を待たないと」

「今月中には退院してほしいんだけどな」

「S級ヤンキーだし、今週中には治るんじゃないかな」

レンジはランクごとの強さの基準にはいまだに疎い。それでも予想はできた。コウくらい強いヤンキーなら今週中に治ってもおかしくない。あの総力戦の最中《さなか》、わずかな時間ではあったが、東北でも上位に数えられるような《邪気威《ヤンキー》》を感じたのだ。レンジの中ではカズマのカリスマによる《邪気威《ヤンキー》》の増幅を除けば暫定最強クラスだった。

「ハルカが付きっきりだしな。治りも早くなりそう」

「ハルカさんが付きっきりなのか……それだと、治ってても治ってないことにしそうだな」

「あはは。いいね、それ。私が入院するときには使わせてもらおう」

「いや、入院なんかしないでよ……」

ニヤニヤとイタズラっぽい顔をするアオイだった。

黒淵《くろぶち》の校舎が近づくにつれて、ヤンキーたちの叫び声が聞こえてくる。

「喧嘩《けんか》か？」

アオイが駆けだした。

校門を通り抜けて校庭に出ると、懐かしいメロディの音楽が聞こえてくる。そこには、等間隔に並んだ汎用ヤンキーたちの姿があった。彼らの前に立っているのは、緑織《みどりおり》からやってきた威風《いふう》カズマだ。

「まだ終わらないぞ、愚民共！　ここからが本番だ！　ラジオ体操、第二！」

ラジオ体操だった。

汎用ヤンキーたちが一、二と雄叫《おたけ》びのようなかけ声を上げて踊っている。

レンジは見なかったことにした。

昇降口に入ると、シューズロッカーからは靴が溢《あふ》れていた。

「そっか、生徒が増えたからか……」

「仲間が増えるのは嬉《うれ》しいぞ。猫丘区《ねこおか》の秩序構築に一歩前進だ」

アオイはルンルンだ。

いつもザクラが勝手に居着いている三年のお気に入りの教室に行ってみると、ザクラに加えて元圧黄《あつき》の五人もそこにいた。あれだけ激しい修行の後だというのに軒並み元気そうだった。

レンジとアオイの姿を見つけると、ザクラは「来たか」と、呼んでもいないくせにまるで長らく待っていたかのように口にした。

仕方なく近寄ると、五人の視線がレンジに集まる。

レンジは少し焦った。

「え？　俺なんかしたっけ？」

「いや……」とザクラが濁そうとしたところに「陰キャ」とハジメが割って入った。

「お前、雰囲気変わったか？」

うん、うん、と全員が頷《うなず》く。

「へ？　どこが？」

聞き返すと、全員が一斉に悩み始めた。

「前髪が短くなった」

「前髪が少なくなった」

「前髪の色が変わった……？」

「《邪気威《ヤンキー》》の質が変わったんじゃねーの」

フウ、キン、オンギョウが大喜利をした後、スイの一言でみんな納得したように感嘆の声を上げた。

「それだな。お前、またちょっと強くなったんじゃねえか」

ハジメに指摘されたが、まったく心当たりはない……。

「レンジは元々強いだろ」

アオイのフォローで余計にややこしくなった。

満を持してザクラが口を開く。

「前よりも本気を隠せなくなってるんだろう」

「え、そうかな……？」

最近は立て続けに色々なことがあったから《邪気威《ヤンキー》》を解放するタイミングは何度かあった。それでも、自分としてはあまり変化を感じていない。

「まあ、お前自身が気にしてないならいいんだが」

「そうだね……今のところは特に」

「じゃあ、この話は終わりだ。本題だが、これから新たな戦力が加わる。そこで改めて方針を打ち出す。その前にランクの高いやつで集まって話をしておこうと思ってな」

「カズマは？」

「朝のルーティーンが終わったら来るそうだ」

この輪の中に《天下逆上《てんかぎゃくじょう》》から威風《いふう》カズマが本当に加わるのか……。

そして、コウも退院すれば黒淵《くろぶち》の一員だ。

レンジには改めて緑織《みどりおり》農業高校との総力戦を制したのだと実感が湧いてきた。

まあ、俺は何もやってないんだけど。

ザクラとカズマの本気の喧嘩《けんか》を見れなかったことだけは悔やまれる。

でも……次こそは。改めて決意するレンジなのだった。

「まず修行についてだ。大修行大会は終わったが、日々の鍛錬を続けるのは大事だ。優秀な指揮官であるカズマが指導に回ることになっている」

「へぇ、いいね」

「当面の目標は青火《せいか》芸術喧嘩祭だろうな。誰一人、手を抜くやつはいないだろう。なにせ……青火芸術喧嘩祭では、俺たちが敵同士になる可能性もあるんだからな」

レンジは疑問符を浮かべた。

青火の喧嘩祭って……そんな祭りなんだっけ？

○

それから二週間ほどが経《た》ち、コウは復活した。

その日はコウの退院祝いを兼ねて四人で遊びに行くことになっている。

アキバに。

我らが女神を連れてオタクの聖地に繰り出そうなどと提案したのは誰かというと、もちろん事態の深刻さを理解できていないアオイだった。コウが喜ぶだろうと思って何気なくした提案にレンジとコウは全身の毛を逆立てて動揺したのだが、同じくコウが喜ぶだろうと思ったらしいハルカが予測できるあらゆるトラブルをすべて脳の片隅でひねり潰して満面の笑みで「アキバにしようよ」と言ったのである。

こうして四人、アキバに降り立つことになってしまった。

「ハルカちゃん、大丈夫か……？」

コウは心配で震えていた。

「大丈夫だよぉ！　ほら、見て見て。こんなに変装したんだから」

その変装というのは、誰もが思い浮かべるサングラスにマスクなどといった典型的な変装セットではなく……着ぐるみだった。

『遅すぎた勇者の英雄譚《たん》』に登場するマスコットキャラクター、ピンクの妖精めいた謎の生物を無理やり人型にした着ぐるみだ。これなら確かにバレることはないだろうが、コウとレンジはバレるか否かよりも白昼堂々着ぐるみで遊んで回る羞恥プレイに関して心配していた。

まあ、楽しそうだから良いのだろう。

ロータリーに出ると、ちょうどブルエクのライブが終わったところだった。

「ブルエクのライブやってたのか！　気づかなかった……」

カチコミルをチェックしきれていなかった。

ボーカルの我田《がでん》リュウジがマイクを手にしてMCが始まる。

『お前ら、今日もノコノコ来てくれてありがとな！　毎回来てくれるやつの執念には頭が下がるぜ！　だが、そんなお前らにも次のライブは来ないでほしい』

観客たちがざわつく。

『次のライブの舞台はアキバじゃねぇ。猫丘《ねこおか》区だ！　猫丘区は、アキバとはまったく音楽性がちげぇ。ライブジャックヤンキーのレベルも段違いだ。あぁ、分かってる。なんで、こんなところでやんのか……お前ら、そう思ってんだろ。ソウルの囁《ささや》きが聞こえるぜ。アンサーは一つだ。俺たちが長い間準備してきた青火《せいか》芸術喧嘩《けんか》祭が始まる！』

――うおおおおおおおおお！

観客たちは訳も分からず歓声を上げた。

「なんか、ザクラも言ってたよね。俺たちが敵同士になるかもって」

レンジの疑問にアオイが答える。

「ああ、そうだな。青火《せいか》の筆頭ヤンキーを決める祭りでさ。一般高校なら文化祭に相当する行事だな。他校から参加するヤンキーは、青火の生徒から推しのヤンキーを見つけて、そいつをステージに上げるために喧嘩《けんか》することになるんだよ」

「ああ……じゃあ、推しが被《かぶ》れば仲間なんだ」

「正解。猫丘《ねこおか》区では、ちょっとした名物になってるんだぜ。レンジも参加するか？」

「喧嘩するのはちょっとな……祭り自体は気になるけど」

「まあ、まだ時間があるからゆっくり決めるといいよ」

『というわけで、以上。次回予告だったぜ。一般人の参加はわきまえてもらいてぇが、ヤンキーだったら歓迎だ』

すっ、とリュウジはマイクを持ち上げて観客に向けた。

視線とマイクは、まっすぐにレンジに向けられていた。

『猫丘区で待ってるぜ』

観客たちから一際大きな歓声が上がる。

俺に対する宣戦布告……？　いや、まさかな。

四人は秋葉原《あきはばら》の街を歩いて行く。

次の嵐が、すぐそこに迫っているとも知らずに。

●シマトリーの中間発表【エリア保有数】
圧黄《あつき》高校：脱落
緑織《みどりおり》農業高校：脱落
青火総合《せいかそうごう》芸術高校：一
紫想《しそう》学園：一
赤里襖《あかりぶすま》高校：一
黒淵《くろぶち》高校：三

《純白の悪魔》の再誕まで、あと三つ。

MF文庫J

純白と黄金 2

2022 年 5 月 25 日　初版発行

著者　夏目純白

発行者　青柳昌行

発行　株式会社 KADOKAWA
〒102-8177 東京都千代田区富士見 2-13-3
0570-002-301（ナビダイヤル）

印刷　株式会社広済堂ネクスト

製本　株式会社広済堂ネクスト

Printed in Japan　ISBN 978-4-04-681287-2 C0193

この作品はフィクションです。法律・法令に反する行為を容認・推奨するものではありません。

【 ファンレター、作品のご感想をお待ちしています 】
〒102-0071 東京都千代田区富士見2-13-12
株式会社KADOKAWA　MF文庫J編集部気付「夏目純白先生」係「ももこ先生」係「らたん先生」係